満月と近鉄

前野ひろみち

角川文庫
22167

目次

佐伯さんと男子たち１９９３　5

ランボー怒りの改新　45

ナラビアン・ナイト　奈良漬け商人と鬼との物語　93

満月と近鉄　139

解説　在野の遺賢　仁木英之　208

対談　前野ひろみち×森見登美彦　222

佐伯さんと男子たち１９９３

そもそも僕は「やめとき」と言った。たしかに言った。

ことのてんまつはこうである。

近鉄奈良駅のそばにある東向《ひがしむき》商店街というアーケードにマクドナルドがあって、そのマクドナルドの二階に集まることを僕らは「マクドナルド会議」と呼んでいた。会議のメンバーは僕と入江《いりえ》君と大井戸《おおいど》君の三人だった。

なぜそんな会議をするようになったかというと、校則では全生徒がなんらかの部活動をしなくてはいけないということになっているのだが、僕ら三人は何もやってなくて、いわば帰宅部だった。大井戸君なんかは急いで家に帰って、おばあちゃんといっしょにおせんべいを食べながら夕方の時代劇の再放送を見ることに異様な執念を燃やしているぐらいである。しかし、僕らもいよいよ中学三年生となり、このままでいいのかという話にもなり、ときどきマクドナルドに寄って、実りのあるギロンをしようということになったのだが、近年、入江君がやけに女の子をギロンの対象にしたがることを僕はにがにがしく思っていた。僕らはそういう話をしないことを誇りにしていたような側面もあったわけである。

入江君は、僕らの中でいちばん小柄で、子どもっぽい。かわいい顔をしている。大仏のような大井戸君とは、小学校の頃からいっしょである。大井戸君によると、入江君はキレると怖いらしい。小学生の頃に大暴れしてガラスを割ったことがある。そして、そんなデンジャラス坊やが佐伯《さえき》さんに夢中なのだ。最近では佐伯さんのことを「バンビ」というコードネームで呼ぼうとか言いだした。「他の人にバレないで佐伯さんのことが話せるやろ」と彼が言ったとき僕はゾッとするほかなく、アア入江君がとうとうほんもののアホになってしまったと思ったしだいである。

その日も僕らはずっと「バンビ」について入江君の話を聞いていた。マクドナルドはクーラーがきいて寒い。入江君はバンビに告白すると言った。

大井戸君がゆっくりと言った。「それはムリちゃうかなあ」

僕も「やめとき」と言った。

入江君は「やめへん！」と言った。「俺はやる。いける」

佐伯さんの方も自分のことが気になっているに決まってるという入江君の主張は、まるで信ぴょう性に欠ける話だった。二月堂《にがつどう》のお水取りを家族で見に行ったら、偶然佐伯さんに会って、彼女がいやに嬉《うれ》しそうだったとか、最近授業中によく目が合うとか、そんな話ばかり聞かされていたら、僕らの脳までにゅるにゅるしてこざるをえない。

「告白して、それでどうすんの？」と僕は言った。

「知らんけど……」

「知らんのに告白するんか？」

「そういうのはあとで考える。プレゼントも買ったし」

入江君はカバンから小瓶を取り出した。ごつごつした白い粒がつまっていて、外国語のラベルがはってある。何かと聞くと、「塩や」と言った。そういえば入江君はこのところ料理にめざめて、家でよく自炊している。それにしても輸入物の塩なんて見たことない。大井戸君は、なにかへんな生き物を見るみたいに瓶をにらんでいる。

「あのう、なんで塩？」と僕は言った。

「塩は大事やで」

「待ってや。つまり佐伯さんは塩が好きなん？」

「それは知らん。でも、これはすごくええ塩や」

「ええ塩といっても、けっきょく塩やろ」

「なめたら分かる、この違い」

大井戸君が塩の瓶を手にとって開けようとしたので、入江君はあわてて取り返した。すると大井戸君は半目になって、氷と水だけになったコーラの残骸《ざんがい》をじゅろじゅろと吸った。彼は何もかもあきらめているように見えた。むりもないと思った。小学校時代からいっしょの友だちがこんなにどんどんアホになってしまうのを見るのはつらいことであるにちがいない。

○

僕らの学校は中高一貫校というやつである。

僕が思うに、こういう仕組みは生徒をアホにしてしまう危険性がそれなりにある。なぜなら、先生たちがどれだけ気合いを入れようとしたって、中学三年から高校一年のあたりというのは、受験もないし、何もキビシイ試練というものがなく、とかく僕らは奈良公園とかをぶらぶらしがちであり、そうするとてきめんに鹿のアホがうつるからである。ちなみに、鹿はアホであるという前提で僕は話を進める。

中高一貫校では、中学前半でなんとなくさだまった人間関係というか、自分なりの立ち位置というものが、高校を卒業するまで続く。学年の人間たちを分けると、いわば社交界の花形的な華やかなグループ、あまりにも独自の道を行って引き返せなくなった人たちのグループ、そのどちらにも属さない中間グループの三つがある。僕らはどこに属しているかというと、中間グループである。

入江君がアホになってしまった理由を僕なりに考えた。

一つは、僕らが中学三年生で、これからいよいよ本腰を入れてアホになる段階にあるということ。入江君はただ先頭を切っただけで、いずれ僕と大井戸君もアホになる。つまりこれは時間の問題。

もう一つは、佐伯さんの立ち位置という問題である。入江君がアホになってしまって以来、僕は佐伯さんをよく観察するようになったのだが、彼女の立ち位置というのはつかみどころがなかった。開けっぴろげで目立つという点では華やかグループに近いが、個性的過ぎるという点では独自の道グループに近く、そして仲の良い女の子たちというまとまりで見れば中間グループに属する。

僕の見るところ、佐伯さんはきわめて独特な位置にいる。カンタンに僕らの手の届く位置ではないのである。入江君はこのところアホ化に本腰を入れてきたため、そういう佐伯さんの立ち位置的なものが見極められなくなったにちがいない。きのどくなことなり。

それにしても、佐伯さんは独自の道を行く人だ。

たとえばある朝、僕は学校へ行く途中で佐伯さんを見かけた。

僕は近鉄奈良駅から学校まで歩いて通っているのだけど、その日の気分によって辿《たど》る道を変える。その日はたまたま奈良公園の方を通った。さっきも書いた通り、鹿はアホであるし、僕は鹿のアホがうつるのがいやであるし、鹿のアホはところかまわずフンをすることを自分たちの当然の権利みたいに考えている節《ふし》があるので、そんなアホらしいフンが転がっているようなところを僕は歩かない。僕はきれいな木立があって、遊歩道やベンチがあるところを選ぶことにしている。朝の浮見堂《うきみどう》のあたりなんかはいい感じだ。木漏れ日の中を、立派な角を生やした牡鹿《おじか》がスッと横切ったりするときは、ちょっと神々しさがあったりもする。

僕が歩いていると、車道をはさんで飛火野《とびひの》の草っぱらが広がっていた。

佐伯さんが歩いているのが見えた。

入江君によれば、佐伯さんは東大寺《とうだいじ》のそばの古い家に住んでいて、学校への行き帰りに必ず飛火野を歩くそうだ。あんな鹿のフンだらけのところを毎日歩くというのがまずおかしい。

僕がちらちらと見ていると、佐伯さんは草っぱらの真ん中で立ち止まり、カバンから何かを取りだした。そうすると、初夏の陽射しを浴びてグータラしていた鹿たちが頭を上げて近寄ってきて、彼女がさしだすものを食べだした。鹿はどんどん集まってくる。鹿せんべいをやっているのだ。

「朝からへんなことやってんなあ」

なかばあきれた気持ちで見ていたのだけれど、まあそういうへんなことをするところをのぞけば佐伯さんは美人である。やることがちょっとギクシャクしているから、美人風のふんいきが出ないだけだ。そこを入江君は自分にも手が届くとかんちがいしたのだとしたら、それは佐伯さんに失礼というもので、たとえ彼女が「たかねのはな」だったとしても、僕はぜんぜん納得する。佐伯さんをなめんな。

そういうわけで僕は「入江君は失敗するやろな」と一切を予見したのであった。

○

さっそく、入江君がふられた日のことを書こう。しかしその日は、入江君にとってかなしい一日であったばかりでなく、僕にとってもまたそうであった。

「他人の痛みが分かる人間になれ」と言われるけど、人間というものは自分の経験していないことは決して親身に分かるものではないと思う。水泳パンツが脱げなくなったことがないという人は、決して僕の気持ちが分からないのみならず、「そもそも水泳パンツが脱げなくなるなんてことがあるのかしらん？」などと冷酷なことを言いかねない。しかしこれは現実に僕の身に起こった出来事である。われわれ人類はつねに、水泳パンツが脱げなくなる危険性に直面しているのである。ほんとに。

　体育の授業のあと、プール脇の更衣室で僕は水泳パンツを脱ごうとしたのだが、キュッとしめる紐《ひも》がへんなことになってしまい、どうあがいてもゆるまなかった。僕がおちいった苦境に気づいた大井戸君と入江君がぐいぐいひっぱってくれたが、考えもなしにやったので、僕と水泳パンツの関係はいっそうこじれた。彼らはステキな友人ではあるのだがアホという欠点がある。そうこうしているうちに他の子は出ていってしまい、休み時間になり、次にプールを使うクラスの子たちがガヤガヤと入ってきた。どうしようもない。僕は上だけ服を着て、下半身にはバスタオルを巻き、大井戸君たちと更衣室を逃げだした。

　行き場がないので、僕らは剣道場の脇にある植え込みのところに隠れた。

「ええよもう。このままズボンはくから」と僕は言った。

「あほ。ズボンがぐしょぐしょになるやろ。あきらめんな」

入江君はそう言って僕をはげますのだが、親身な口調と裏腹に、その顔は半笑いだ。百科事典に載せられるぐらい典型的な「半笑い」というものを僕は見たのである。

「これはムリや。紐を切らんと」

大井戸君が言うと、入江君は歯をかちかち鳴らした。

「噛《か》め、噛め。噛んでまえ！」

大井戸君は僕の水泳パンツの紐のところに噛みついた。持つべきものは友だちなんだなあと思う一方、大井戸君の頭にもじゃもじゃ生えている剛毛が僕のへそあたりをくすぐったくさせ、なんだかもう、これ以上情けないことがこの先の人生にあるのなら僕は生きる勇気をなくしてまうぞという気持ちにもなった。

「なんでこんなにかたいんや？　俺の歯が折れるわ」

大井戸君は犬みたいにひとしきり唸《うな》っていたけど、やがてあきらめた。

「苦労をかけるのう」

「俺、ハサミかりてくる。待っとけ」

そう言って入江君は走っていった。

僕と大井戸君は植え込みの蔭《かげ》でぽつんと待っていた。下半身から水泳パンツがとれないかぎり、もうこの学校のどこにも僕の居場所はないのだ……と途方に暮れていたら、佐伯さんが通りかかった。だいたい、植え込みに隠れてもぞもぞしている僕らもアヤシイが、鹿せんべいを手に持って校内をうろついている彼女の方もアヤシかった。彼女は僕らに気づいて、植え込みの裏を覗《のぞ》き込んできた。

「福田《ふくだ》君どうしたん？　なんでバスタオル巻いてんの？」

「……なんとなく」

「いやいや。なんとなくバスタオル巻くっておかしいやろ」

「脱げへんねん」と大井戸君がよけいなことを言った。「パンツの紐がおかしくなって」

「おかしいって、どうなったん？」

「固結びの化けもんみたいなもんができたわけやな」

「わたし、紐ほどくの得意やで」

佐伯さんがそんなことを言って植え込みの裏へ回ってこようとするので、僕は正直なところ、彼女にはデリカシーというものがないのではあるまいかと思った。人がこういうたぐいの苦境に陥っていたら、見て見ぬふりをするのが礼儀というものじゃないだろうか。ましてや彼女は女の子である。女の子というものは男の子の苦境に対してわざわざ手をさしのべたりはしないものだ。

「ええから。大丈夫やから」

「そのままやったら授業出られへんでしょ」

「ええから。脱げんかったら、もう家に帰るし」

「なにアホなこと言ってんの。ええから、まかしとき」

「ちょっとそれはムリです。かんべんして」

僕がバスタオルを下半身に巻いたまま佐伯さんとにらみあっていると、入江君が家庭科準備室で借りたアホみたいに巨大なハサミを持ってきた。彼は佐伯さんがいるのを見て、ちょっとドギマギしていた。おかげで僕は佐伯さんに水泳パンツの紐をほどいてもらうという最悪の事態を避けることができたけれども、なんというか、「いわゆる『恥』という概念のテッペン近くまで行ったな」と思ったわけである。

僕はこの事件によってだいぶハートがブロークンだったので、その日の入江君の気持ちをおもんぱかる余裕がなかったとは言える。放課後、大井戸君と入江君と三人で飛火野まで歩いていくときも、いったい僕はなんでこんなアホなことに付き合ってるんだろうという、いわば自己懐疑にとらわれていた。それはひょっとすると大井戸君も同じだったかもしれないが、彼はいつも大仏みたいな顔をしているので分からない。

僕らは飛火野を歩いていった。あいかわらず鹿のフンだらけで足の踏み場もない。僕が鹿のフンをよけてよちよち歩いていると、入江君は「そんなん無駄やで」と笑いながら、うずたかく積もったフンに平気でつっこんでいったりする。アホである。

やがて僕らは、じめじめした窪地《くぼち》に隠れた。

「なんで佐伯さんは飛火野を通るんやろなあ」と大井戸君が呟《つぶや》いた。

「鹿が好きやからに決まってる」と入江君。

「こんなフンばっかりのところ！」と僕は言った。まだ水泳パンツ事件が尾をひいて、世界のなにもかもに対して僕は苛立《いらだ》っていた。「あいつらフンしすぎや」

「文句言うな。静かに待ってろや」

やがて佐伯さんがやってきた。誰もいない飛火野を歩いていく。

入江君は勢いよく「よし！」と言ったけど、そのまま動かない。僕と大井戸君は顔を見合わせた。見よ、我らが佐伯さんは日の当たる緑の丘をずんずんと歩いていくというのに、入江君はうすぐらい窪地で鹿のフンにまみれたままジッとしている。これにはまったくイライラさせられた。

「はやく行きや」

「行くって。俺のタイミングで行かせろや」

「入江、なんで行かんの？」

「行くって言ってるやろ」

入江君は怒ったように言い、小走りで佐伯さんのところへ向かった。佐伯さんは大きな桜の木のそばで、鹿たちを集めて鹿せんべいをやっていた。

以下、入江君の語るところによる。

彼女は入江君からプレゼントをうけとると、「ありがとう」と言った。佐伯さんはもらえるものはなんでももらう人なのであるということを僕らはあとから知ったのであるが、そのときはそんなことを知るよしもなかった入江君はすっかりうれしくなってしまった。これはもういける！　彼女も俺のことを好きや！　と思った。アホだから。それで彼は佐伯さんに告白したけれども、佐伯さんは鹿に鹿せんべいをあげながら言った。

「入江君、ごめん。ムリやわ」

「あ、そう」と入江君はもじもじした。「……でもまあ、その塩はあげるわ。おいしいで」

「うん。ありがとう。うれしいけど、なんで塩なん？」

「ええ塩やから……」

「ふうん。ええ塩かあ！」

佐伯さんはそう言って入江君のすばらしい塩を鹿せんべいといっしょにカバンにおさめて、「さいなら」と言って帰ってしまった。

入江君は僕らの隠れている窪地まで戻ってきた。拾い上げた枝でぴしぴし芝を叩《たた》いている。これまでに見たこともない、アルカイック・スマイルみたいなものが彼の顔にあった。

しばらく気まずい沈黙が続いたけど、ついに堪《こら》えきれなくなった大井戸君が笑いだした。「笑うな！」と入江君は枝で大井戸君をぴしぴし打ったけど、大井戸君の笑いは止まらない。入江君の怒りはますます高まり、枝をふるって鹿のフンをはね飛ばし始めた。僕と大井戸君は悲鳴を上げて逃げまわったが、こうして飛火野でわけのわからない「いい塩」を女子にプレゼントしてフラれたあげく鹿のフンをぴんぴん飛ばしたりしている入江君に対する哀れみというか愛情というか何かそんなものが溢《あふ》れだしてきて、僕も笑いを堪えることができなくなってしまった。

最終的に入江君は憤怒《ふんぬ》の形相《ぎょうそう》になって、鹿のフンをじかに手で摑《つか》み取って投げ始め、大井戸君も本気になって投げ返し始めたので、僕は「そろそろ帰ろかな」と思った。

ここで僕らをアホとはいえ一つの悪の組織として、佐伯さんの立場から見てみると、入江君は第一の刺客ということになる。彼はあっさり敗北してしまったが、彼をアホにしてしまったおそるべき何かはそのまま大井戸君に伝染し、大井戸君を第二の刺客にした。ふつうなら、第二の刺客は第一の刺客より強いはずだ。でも僕らの場合、第二の刺客の実力は第一の刺客のそれと変わりない。さらに言えば、第三の刺客だって大したやつではなかったのである。

入江君の失恋現場を見て、大井戸君がなぜあんなに笑ったかというと、もうあの飛火野に出かけた時点で、大井戸君はすでに佐伯さんが好きになっていたのではなかろうか。入江君が失恋すれば自分にもチャンスが回ってくる。それがチャンスと言えるかどうか疑わしいとはいえ、うれしいのは分かる。そこで正直に大笑いしてしまうのが大井戸君のステキさである。ホントの悪党だったら、神妙な顔をして入江君をなぐさめて、たとえば夜に寝床とかで枕を抱いてウフフフンなどと笑っていたりするに決まっておる。

一週間ぐらい後の放課後である。

僕らは教室に残って、女子と学園祭の教室発表の打ち合わせをしていた。そんなことを詳しく書いてもしょうがないが、僕らの教室は秋の学園祭で「世界のふしぎ」という気宇壮大なテーマで何かおおざっぱな展示をやるということになって、その曖昧《あいまい》きわまる任務を前にして途方に暮れていたのである。

窓の外には真っ青な空が広がっていて、夏らしい雲が出ていた。入江君は何か適当なアイデアをしゃべっては女子に叱られて、ぱたぱたと扇子で顔をあおいでいた。大井戸君は窓の外の空を眺め、宇宙と一体化していた。モジャモジャのジャングルのような髪にシャーペンを入れたり出したりしている大井戸君を見ていると、その後ろ姿から滲《にじ》みだすのんびりオーラたるや、人間を見ているというよりも生駒山《いこまやま》を愛《め》でている感じに近い。僕らが見上げれば必ずそこにあって、その姿がずっと変わらないという感じがするのだ。ありがたい気持ちになる。

その打ち合わせにしても、同じ班の女子に「ちゃんと考えて」と言われて僕らは困っていたわけだが、大井戸君はどれだけがんばっても真剣に考えているように見えないという欠点があり、そこを何度も女子に追及されていて、女子の方も大井戸君を追及するのにサディスティックな喜びを感じているのではないかと思えるきらいさえあった。大井戸君はそういう立場に追いやられがちな人である。

「話すすんでるー？」と佐伯さんが女子たちに話しかけてきたとき、入江君がぎくしゃくしたが、誰も気づかない。佐伯さんの方も入江君がいるからといって何もふんいきは変わらない。

「まじめに考えへんからな、こいつら」と女子たちが僕らを見て言った。

「まじめに考えるって、こんなのどうやって考えるん？」入江君がぶつぶつ言った。

そうすると佐伯さんが「まあなあ」と言って慰めたので、入江君はなんだかふにゃけてしおしおになった。

女の子たちは勝手に喋《しゃべ》っている。

「ネッシーでも作る？」

「実物大で？」

「でかすぎる」

「もうちょっとかわいいもんない？」

するとと佐伯さんがふいに言った。「幻の白い鹿とかー」

女子たちが白い鹿とは何ぞと訊《き》くと、佐伯さんは奈良公園で目撃されているという幻の白い鹿について喋ってきかせた。それはもうホントに真っ白で、まあ神様的な何かなのであろうということだ。

「白い鹿なあ」

「それやったらかわいいかもしれん」

「ネッシーよりはマシちゃう？」

そのとき、今までだまって窓の外を見ていた大井戸君が口を開いた。

「あ、鹿や」

窓から見下ろしてみると、学校の敷地内にまよいこんだ鹿が剣道場の前をうろちょろしていて、白髪の天沢《あまざわ》先生がカブキみたいに両手を広げて追い詰めようとしていた。

大井戸君が呟《つぶや》いた。「なんかおもろそう……」

「行くぞ！」と言って、入江君が立ち上がった。

女子たちがぶうぶう言うのをおいて、僕らが靴をはいて剣道場の方へまわっていくと、鹿と天沢先生の追いかけっこは続いていた。しばらく観察していたのだが、先生が近付いていくと鹿はくるりんと身をかわしてしまい、同じところでグルグル回るばかりなのだった。もうちょっと天沢先生も何か工夫ができないのかと思うところなきにしもあらずだ。

「先生、何してはるんですか？」

入江君が笑いながら言った。「鹿をいじめたらあかんと思います」

天沢先生はジロリと僕らをにらんだ。「おまえらも手伝えや。この鹿は人をなめとる」

「けっきょく、こいつをどうするんですか？」

「校門の方へ行かせて、外へ出す」

そういうわけで僕らは協力して鹿を誘導してやろうとした。しかしその鹿は逃げ方が上手で、なかなか僕らの思う方角へ動かないのである。ゆうゆうと足下の草を食べ始めたりする落ち着きぶりだ。まったくこれだから奈良の鹿は！　ムキッ！　と思っていたら、校門の方から「ぴゅーいぴゅーい」とへんな音が聞こえて、鹿がハッと頭を上げた。

そちらには佐伯さんが立っていた。

「ぴゅーいぴゅーい」

佐伯さんはへんな音の口笛を吹きながら、大きな鹿せんべいを振ってみせた。鹿は「あら、ええもん持ってはるやないの」とでも言うかのように、彼女の方へアッサリ歩いていく。そうして彼女から鹿せんべいを分け与えられながら、素直に彼女といっしょに校門の方へ歩き去ってしまった。

天沢先生と僕らは完全に置き去りだった。

先生があきれて言った。「なんで佐伯は鹿せんべいなんか持っとるんや？」

「佐伯さんはいつも持ってるんです」と僕は言った。

「先生も持っておくべきやな」

入江君が言った。「こういうとき役に立つでしょ」

○

次のマクドナルド会議において、大井戸君が佐伯さんの話を始めた。

佐伯さんが鹿を誘導して学校の外へ連れていったとき、いわば大井戸君のハートがケッティ的に撃ち抜かれたらしいのだ。正直なところ、僕らのマクドナルド会議が「好きな女子告白タイム」になってしまったのは本当になげかわしいことだと思う。そんなことのために僕らは集まっているのではない。なんでみんなこんなに続々とアホになってしまうのか！　と僕は不本意だった。

「俺も佐伯さんに付き合ってくれって言う」と大井戸君は宣言した。

「おまえ正気か？」入江君が言った。「佐伯さん、おまえの名前も知らんやろ」

「そんなことないで」

そして大井戸君は、じつは前からときどき佐伯さんと言葉を交わすことがあったのだと言った。そして、今にして思えば、それらの会話の中には何かたいへん「良い感じ」があったと主張した。その「良い感じ」がはたしてどのていどのものか、僕らには知るよしもない。

「大井戸君、入江君に洗脳されてるだけと違うか？」

「洗脳って何や？」

「ほんまや」入江君が真面目な顔をしてうなずいた。「俺が悪かった。佐伯さんのことをしゃべりすぎた。おまえのは恋とは違う。気のせいや」

「気のせいって言われても困るわ。好きなもんは好きやから」

悪寒が僕の背中を駆け抜けた。あの「小さな大仏」の異名《いみょう》を持つ大井戸君が、こともあろうに僕らの目の前で「好きなもんは好きやから」なんて恥ずかしい言葉を口にしたのだ。アア、大井戸君もやっぱりアホになってしまった、と僕は溜息《ためいき》をつくほかなかったのである。

そうして何がおこなわれたかというと、前とまったく同じだった。

僕らは放課後に飛火野で佐伯さんが通りかかるまで待ち、それから大井戸君が彼女を追いかけてのそのそと歩いていった。佐伯さんは鹿に鹿せんべいをやりながら、大井戸君に気づいた。

「大井戸君、なにしてるん？」

大井戸君はしばらくもじもじとしていた。遠い窪地《くぼち》から見ている僕らにも分かるぐらいのスゴイもじもじぶりだった。そして彼はポケットから封筒を出した。ははーん！ 大井戸君はしゃべるのが苦手だから思いのたけを手紙にぶつけたな、ろまんちっくなやつめ！ と思っていたら、鹿たちが寄ってきて、まるでそれが当然の権利であるかのように、なんのためらいもなく、大井戸君の思いのたけが詰まった封筒を食べだした。大井戸君は慌てて引っ張ったけど、もう手紙はほとんど残ってなかった。大井戸君は困ってしまい、手に残っていた恋文のかけらをもじゃもじゃの髪の毛の中に隠したのだが、「コイツ何かウマイものを毛髪に隠した」と思いこんだ鹿たちが彼の頭にむらがり、剛毛をもしゃもしゃしだした。「わー、やめろ、わー」と大井戸君は逃げまわるのだ。この一連の出来事を見ていた僕と入江君は、あんまりおもしろすぎて息の根が止まるかと思った。「鹿のやつ。やってくれるわ」と入江君が感心した。

佐伯さんは残りの鹿せんべいを草っぱらにパッとばらまいた。鹿たちが鹿せんべいにむらがって、大井戸君は解放された。彼はもじゃもじゃぶりを増した髪のまま、呆《ぼう》然《ぜん》と立っていた。

「それで、何の用なん？」と彼女は言ったという。

大井戸君は「あのう」と呟《つぶや》いてもじもじするしかなかった。

「さっき渡そうとしたやつ、あれ手紙？　付き合ってくださいとか、そういうやつ？」

「うん」

「大井戸君、ごめんな。ムリやわ」

「あ……そう」

ここまでおもしろい失恋のしかたは狙ってできるものではないと思い、僕はのそのそと引き返してくる大井戸君を尊敬の眼差《まなざ》しで見さえした。入江君はこのまま死ぬんじゃないかと思うぐらい笑っていて、その笑いが近鉄奈良駅に向かって歩いている間も止まらず、最後には苦痛のあまり「カンベンして」と泣いていた。大井戸君は怒ったり嘆いたりすることはなくて、ただなんとなくお腹をさすっているばかりだった。けれども大井戸君が傷ついていなかったわけではない。そのショウコには、大井戸君はそのまま「やすらぎの道」沿いにある散髪屋にはいってスポーツ刈りにしてしまったからである。

「癖毛が悪い。これが諸悪の根源や」

大井戸君は繰り返し呟いていたが、それはちがうと思う。

で、どうなったかというと、いくら髪の毛を短くしたって毛根のキャラクターに変化が生じるわけではないので、大井戸君はむしろ前よりも大仏的になった。くるくるに巻いた短い髪がびっしり頭をおおっている。授業中に白目をむいて居眠りしているときなど、そのままソッと大仏殿まで運んであげたくなる。あんまり大仏的なので、みんなかえって遠慮してしまい、「大仏」と言えなくなってしまった。

遠慮しないのは入江君だけだった。彼が大井戸君の頭にふれて、「なるほど、これがラホツってやつか」とマジメな顔で呟くと、まわりのみんなが我慢できずにプッと笑った。

佐伯さんも笑った。大井戸君はまんざらでもなさそうだった。

○

僕は小学生の頃にはまったく色恋沙汰《ざた》というものに興味がなく、中学校に入ってようやく多少興味も湧いてきて、「僕にもそういうことが起こるんだろうか」「ひょっとしてモテすぎてたいへんだったりして」と思っていたら、すぐにそういうものと自分は無縁であると分かり、心おだやかに暮らすことになった。だれかを好きになったこともない。友だちもそういう連中だろうと思って安心していたら、入江君と大井戸君がつぎつぎとアホになってしまった。まったく嘆かわしい。

入江君がアホになった頃から、僕は佐伯さんのことを気にしていた。で、大井戸君までアホになったから、ますます気になるようになった。ふしぎなものだ。それまでは佐伯さんの姿が見えなくても何とも思わず、佐伯さんの姿が見えないことにすら気がつかなかったのに、「佐伯さんの姿が見えないという状況」があることに気づく。いわば佐伯さんの形をした「穴ぽこ」が空間にある。そして佐伯さんが姿を見せると、その穴ぽこがふさがる。すぽん！　気持ちのいい音がする。そういう感じなのである。

ところが、この穴ぽこがやっかいなのだ。はじめのうち、穴ぽこは教室だけに存在する。が、そのうち僕は自分の身のまわりのどこにでも穴ぽこがあいていることに気づき始めたのだ。学校にいようが、奈良公園で鹿の尻《しり》を眺めていようが、自宅で勉強していようが、寝床にいようが、穴ぽこはつねに僕を追いかけてくる。そして佐伯さんの姿が見えると、ようやくふさがる。すぽん！　でも佐伯さんがいないと穴ぽこはまったく穴ぽこ以外のなにものでもないのだ。そういう事態にいたって、じつは世界は穴ぽこだらけであるということに僕は気づいたのである。

大井戸君の失恋から、また一週間ぐらい経った。

その日は朝から蒸し暑くて、僕は奈良公園を歩いているうちにウンザリしてしまった。ちょっと休憩しようと思ってベンチに腰掛けて汗をぬぐった。朝の奈良公園はあいかわらず静かだった。僕はそこで待つともなく待っていた。朝の鹿たちに鹿せんべいをやりながら佐伯さんが飛火野を歩いているのが見えて、僕の世界の穴ぼこがふさがる音が聞こえた。すぽん！

ところが佐伯さんがこちらに気づいたのである。彼女は道路をわたってきた。

彼女はベンチに座っている僕を見て首をかしげた。「福田君、なんでそんなとこ座ってるの？」

「暑いから、ちょっとのんびりしてる」

「学校サボるの？」

「サボるのもええなあ」

これは冗談である。僕は生まれてこのかた、学校をサボったことなど一度もない。毎朝こうして登校する途中、ここでベンチに座ったまま八時半までジッとしていたら何が起こるかなと思うことも何度かあったけれど、実行する度胸はなく、僕はきっとこのまま一度も学校をサボったことのない素晴らしい男として生涯をまっとうし、死んだあとに行くどこか遠くの国でぺらぺらの表彰状をもらうのだろうと思っていた。

すると佐伯さんは「ほう！」と急におもしろがり、僕のとなりに腰掛けた。なんだかふしぎな感じだった。佐伯さんはベンチに座ったまま、鹿せんべいを砕いて鹿たちにやっている。

「佐伯さん、なんでいつも鹿せんべいやってるの？」

「おもろいやろ」

「おもろいかなあ」

「おもろいよ！　いくらでも食べるし。いつでも食べるし。アホやし」

佐伯さんは鹿せんべいを何枚か分けてくれた。生まれて初めて鹿に鹿せんべいを食べさせたけど、たしかにアホなこいつらはいくらでも、さくさくと食べる。

「おもろいやろ？」と佐伯さんが笑った。

そんなふうにして、僕らはベンチに座っていた。時間は刻一刻とたっていく。このまま手をこまねいていると、僕は本当に学校をサボることになってしまうのではなかろうか。このまま学校をサボって、佐伯さんとどこかへ行ってしまったら、どうだろう。バレるのだろうか。バレたらどうなるのだろうか。そもそも佐伯さんはどういうつもりだろう。こんなところで僕といっしょに鹿に鹿せんべいをやりながら学校をサボるということに対して、彼女はいったいどんな意見を持っているのだろう。

「福田君、ほんまにサボる気？」

佐伯さんが言ったけど、僕は黙っていた。

ふいに佐伯さんが立ち上がった。

「まだ間に合うで」と彼女は力強く言った。「走るなら」

僕は弾《はじ》かれたみたいに立ち上がった。

ふつうに考えれば、もう間に合わない時間だった。けれども僕と佐伯さんは走りに走った。僕はもうこのまま血を吐いて倒れるのではないかと思ったのだが、佐伯さんはいっこうにくじける気配がなくぴょんぴょんとスバラシイ俊足なので、こちらも負けるわけにもいかず、けっきょく学校まで休まずに走ってしまったのだった。

チャイムが鳴ると同時に佐伯さんと僕は教室にすべりこみ、二人ともゼーゼー言った。

入江君と大井戸君が僕に近付いてきた。「どういうことや？」と入江君は言った。

「なんで佐伯さんといっしょに登校してんの？」

「いや、違う。そうやない」

僕は佐伯さんの方を見た。

彼女は友だちと話をしながらこちらを見て、「あぢー」と顔を扇ぐ仕草をした。

その夜、僕は佐伯さんの夢を見た。飛火野で何か楽団が演奏していて、僕と佐伯さんがそれを見物に行くのである。夏祭りみたいな提灯《ちょうちん》がいっぱいぶらさがって、草っぱらを照らしていた。草の上に椅子がならべてある。何の音楽だかは忘れた。佐伯さんと何の話をしていたのかも忘れた。

一つ憶《おぼ》えているのは、飛火野と森の境に白い鹿がいたことである。

「あそこまで行ってみよか」と佐伯さんが言った。

ここまで書けば誰でも分かると思うが、佐伯さんに対する三番目の刺客は僕になってしまった。

○

僕ら三人はそんなに成績が良いわけでもなく、かといって悪いわけでもない。ここにも僕らの中途半端ぶりが如実にあらわれていると思う。中途半端であるということは、もっと成績をよくする余地がある一方、もっとひどいことになる余地もあるということである。僕はそれなりの努力で現状を維持していたが、大井戸君と入江君はちょっとあぶなかった。

入江君は着実にこつこつやるということに興味を失い、一発逆転的な秘策を追い求めがちだった。「学問に王道なし」と僕が言うと、入江君は「俺らがやっているのは学問みたいなものではなくて、もっとレベルの低いことだから王道はある」とへんな理屈を言った。その意見は意見として分からなくもないけど、王道を見つけるまえに学生時代が終わってしまえば意味がない。

大井戸君はけっこうこつこつやるのだが、神だのみに任す時期がどんどん早まっているのが気になる。けっきょく定期試験の前には、大井戸君の神だのみに入江君も合流して、僕も巻き添えになり、僕ら三人は春日《かすが》大社《たいしゃ》へお参りに行く。その間に勉強すればいいのにということは分かっているけれど、僕も「ちょっとした気分転換は必要だな」と言ったりしてごまかす。

そういうわけで僕らは期末試験前の放課後、春日大社へ出かけた。

天気が悪くて、今にも雨が降りだしそうだった。春日大社の参道にもあまり人気《ひとけ》はなくて、森ぜんたいが温室の中にあるみたいにムッとしていた。大井戸君の髪は限界までひねくれて、鉄のかたまりか何かが頭にひっついてるみたいに見えた。神社にお参りしたあと、僕らが参道をとぼとぼ歩いていると、さあさあとあたりの森から音が聞こえた。ついに雨が降ってきたのだ。

大井戸君も入江君も口数が少なかった。どうも入江君たちは僕と佐伯さんがいっしょに走って登校した日のことを気にしていて、何か疑っているらしいのである。

「白状しろや」と入江君が言った。

「何を？」

「……マクドナルド会議だな。今日は」

「テスト前やろ。やめとこ」

大井戸君は何も言わなかったけど、いつもは大きな山に見える背中が小さくなっていた。

雨が降っているのに、入江君は鹿せんべいを買った。そして強引に僕と大井戸君に渡したので、しょうがないから鹿に鹿せんべいをやった。鹿の数も少ない。鹿たちはどこにいるのか。そうやって時間をつぶしていたのは、みんな佐伯さんがひょっとして通りかかるのではないかと思っていたからだろう。誰も帰ろうとしない。僕らは黙々と鹿せんべいを処理した。

「意外に楽しいな、これ」入江君がぽつんと呟《つぶや》いた。
僕は残りの鹿せんべいを放り投げて、「僕、先に帰るわ」と言った。
入江君が鹿に鹿せんべいをやりながら言った。
「おまえ、何か隠してるやろ」
「何も隠してない」と僕は言った。
「友だちやのになあ！」と大井戸君が言うのが聞こえた。

○

そのあと、僕はひとりで飛火野へ行った。

さあさあと柔らかな雨が降っていて、湯気が立ちこめたみたいにムッとする。森の向こうにそびえている春日山には、綿をちぎったみたいな雲がからみついていた。芝生はたっぷり水を含んだスポンジみたいで、僕が踏みしめるたびにジュワッと水を噴き出す。あちこちに散らばる鹿のフンも雨をふくんで溶けだしていると考えるとじつにきたない。でも、よく考えれば、鹿がフンをして、そのフンを養分にして草が育ち、その草をまた鹿が食べてフンをする。こうなるともう鹿もフンも芝生も何もかもいっしょだ。区別する意味がない。

飛火野はどんよりと暗かった。

僕は汗をぬぐいながら、緑のこんもりとした丘をおりていった。

そこには何頭かの鹿がいた。鹿たちは思い思いに散らばって、濡《ぬ》れた草をもぐもぐと食べたり、ぼんやりしたりしている。一頭が頭を上げて僕の方を見た。僕が歩いていくのを目で追っている。そいつは先日、僕らの学校に入り込んで天沢先生を悩ませていた生意気な鹿かもしれない。

ふいにその鹿がびっくりしたように顔の向きを変えた。視線の先には、飛火野のとなりにある森があるだけで、何も変わったものは見えない。

けれどもなんとなく、僕はそちらへ歩いていった。

大きなうろのある大木があり、その下を小川が流れていた。石の上を飛んで渡った先には、また小さな草っぱらがあった。こんもりとした木立に囲まれているので、道路側からは見えず、まるで秘密の場所のようなところだ。濡れた草木の匂いがして、小川の流れる音が絶え間なく聞こえる。小川のそばへ行くと、スギゴケが不気味なぐらいびっしりと生えていた。

そのときパアッとあたりが眩《まぶ》しく光って、雷鳴が轟《とどろ》いた。

僕はあわてて、そばの木立に隠れた。あたりが暗くなり、湿気が一段とひどくなった。まるでジャングルみたいだ。異様に生臭い。地鳴りみたいな雷の音が続くので、僕は奥へと進んだ。また雨が強まったらしく、森全体がたくさんの細い棒で叩《たた》かれているような音がする。

ふと僕は息をつめて耳を澄ました。何かへんな気配がしたのである。

何かぴりぴりするものが近づいてくる感じで、胸がドキドキする。

あんまり精神を集中していたものだから、だしぬけにとなりの藪《やぶ》をかきわけて入江君たちが現れたとき、僕はギャッと悲鳴を上げた。入江君たちもギャッと悲鳴を上げた。

「おまえら……」と僕が言いかけたとたん、ばりばりーッと聞いたこともないぐらい大きな雷鳴が響き、僕ら三人はもう一度悲鳴を上げてうずくまった。大井戸君は大きな身体をびっくりするぐらいコンパクトにして、手を合わせて拝んでいる。彼は雷が大嫌いなのである。

「おまえ、やっぱり帰らんかったな」と入江君が言った。「隠し事してもバレるで。佐伯さんを探してるんと違うのか？」

「おい、ちょっと待って」

「何や？」

「なんかおかしいんや。へんな気配がする」

僕は入江君を黙らせて、大井戸君の背中を撫《な》でながら黙っていた。

ふいに耳元でワアワアと大勢の人が叫んでいるような音がし始めた。入江君が顔をしかめて耳をおさえた。「何の音なん？」と大井戸君が呻《うめ》いた。その音はどんどん高まっていく。もう駄目や、頭がおかしくなる！　と思ったとき、急に音はピタリと止んで、キーンという金属音のようなものが尾を引いて消えていった。雷鳴も聞こえない。まるで時間が止まったみたいな静けさだ。入江君が真剣な顔をして僕を睨《にら》み、声を出さずに「なんやろ？」と唇を動かした。僕も声に出さずに「わからん」と唇を動かした。それにしてもなんだろう、この異様な気配は。巨大な穴ぼこに落ちたみたいだ。

木立の向こうに、先ほど通った草っぱらが明るく見えていた。

そこを白い鹿が走っていくのを僕らは見た。

僕らは三人とも息を呑《の》んで、立ち上がることも忘れていた。その白い鹿は森から飛火野の方へ、ぴょんぴょんと鹿独特の走り方で、草っぱらを横切ったのである。あっという間であったような気もするし、とてつもなく長い時間が経ったような気もした。

しばらくしてから僕は「見たか？」と言った。

「俺は見た」と入江君。

「俺も」と大井戸君。

僕らは立ち上がって歩きだした。

そして僕らが草っぱらに出てみると、佐伯さんが立っていた。彼女はずぶ濡れで、黒い髪がぺったりとしてツヤツヤ光っていた。

「こんなとこで何してるん？」

彼女はバンビみたいな目で僕らを見た。

◯

佐伯さんと僕らは飛火野を歩いていった。雷鳴は遠ざかったけど、雨はまだ降り続いていた。鹿も草も森も、佐伯さんも僕らも濡れていた。アホの僕らはともかく、佐伯さんはなぜ傘をささないんだろう。彼女もまたアホなのだろうか。

僕が白い鹿を見た話をすると、佐伯さんはくやしがる様子をみせた。

「白い鹿か。見たかったなあ」

「佐伯さんは見れへんかったか」

「見た人には良いことあるらしいよ」

「まあ、でも、びっくりしたわ」と入江君は言った。「ほんまに神様みたいや。あれが出てくる前に、へんな音がしたやろ。あれもびっくりした」

大井戸君は不安そうな顔をしていた。

佐伯さんは唇をとがらせて、拾った枝をふりまわした。彼女の腕の内側がびっくりするぐらい白いことに僕は気づいてドキリとした。そこに赤くて細い傷が何本かあった。

「佐伯さん、腕、けがしてるで」

「うん。さっき草で切った」

「痛そうやなあ」

「そう？　そんな痛くもないけど」

「ていうか、みんなびしょ濡れやないか」と入江君が言った。「風邪ひくで」

「わたし、風邪ひかんねん」

「それは嘘やろ？」と入江君はびっくりしている。

「嘘と違うよ。小学校四年生の頃が最後やもん」

僕らが緑の濡れた丘をのぼっていくと、散らばっている鹿たちがいっせいに僕らを見た。先ほど僕が通ったとき、ほとんどの鹿たちは僕のことなんぞ気にしていなかった。ということはやはり、鹿たちは佐伯さんを見ているのである。

鹿の視線を浴びながら歩いていく佐伯さんは神々しい。

そんなことは現実にあるはずがないけど、先ほど見た白い鹿が佐伯さんなのではないかという妄想がふくらんできた。しかし僕はそれでもべつにかまわないのである。なぜなら僕はアホになってしまったから。なぜアホになってしまったかというと、ずっと佐伯さんを見ていたからである。学校に迷い込んだ鹿を口笛を吹いて連れ出していくところとか、朝の飛火野を歩くところとか、鹿せんべいを鹿にやるところとか、今こうして雨に濡《ぬ》れていっしょに歩いているところとかを、ずっと見ていたからである。僕はまったくアホになってしまったのだから、たとえ佐伯さんが白い鹿であっても、鹿たちの王であっても、何の問題もない。僕は何を言おうとしているのかというと、つまり、佐伯さんの姿が見えると世界の穴ぼこがふさがる音がする。

「佐伯さん、ちょっと相談があるんやけど」

僕は言った。

先に立って歩いていた佐伯さんが振り返った。「なに？」

「付き合ってくれん？」

「ごめん、福田君」

彼女は顔をぬぐって言った。「それはムリやわ」

ランボー怒りの改新

ある夏、ひとりの青年が斑鳩《いかるが》の里にフラリと現れた。

たくましい身体と日焼けした肌、髪は長く伸ばしている。彼の名はランボー。遠い異国ベトナムの奥地からやっとの思いで故国の島国へ帰りつき、難波津《なにわづ》から飛鳥《あすか》を目指して歩いてきたのだ。

ランボーは今、一つの焼け跡を前にして呆然《ぼうぜん》と立ちつくしていた。そこにはかつて山背大兄王《やましろのおおえのおう》らの住む斑鳩宮が建っていたはずだが今は見る影もなく、焦げた材木が夏草に埋もれているばかりである。その変貌《へんぼう》ぶりにランボーが戸惑っていると、供を連れて焼け跡を見てまわっていたらしい貴族の男が声をかけてきた。年の頃は三十代前半、柔和な笑みを浮かべた男である。

「やあ、まったく蒸し暑いですな」

そこで彼らは二言三言言葉を交わした。

ランボーがベトナム帰還兵であることを知ると、その貴族は急に礼儀正しくなった。

「無事のお帰りなによりです。なにしろたいへんな戦争だそうですね」

推古《すいこ》天皇の御代《みよ》、トンキン湾事件をきっかけにして蘇我馬子《そがのうまこ》が火蓋《ひぶた》を切ったベトナム戦争は泥沼化し、馬子が世を去ってその息子蝦夷《えみし》の代になっても終息の兆《きざ》しを見せていなかった。

前年に南ベトナム解放民族戦線いわゆるベトコンが全土で奇襲攻撃に出たテト攻勢によって、飛鳥の朝廷は激しく動揺し、ときの大王は蘇我蝦夷に空爆の一時停止と北ベトナムとの和平交渉を命じた。しかし事態は思わぬ展開を見せた。蘇我蝦夷の息子入鹿《いるか》が独断で北ベトナムへの空爆を再開し、和平交渉を頓挫《とんざ》させてしまったのである。親子三代にわたって着々と政治の実権を掌握してきた蘇我氏は、大王の権威をすら意に介さず、ベトナム戦争を継続する意志を見せていた。

蘇我氏め、とランボーは思った。やつらはぬくぬくと飛鳥の里に暮らし、大勢の兵士を異国のジャングルの奥へ追いやっている。そんなに戦争がしたいなら自分で出かけていくべきなんだ。ジャングルと泥の中を這《は》いずりまわって、好きなだけベトコンとやりあうがいい。俺はもう御免だ。

「くだらない戦争だ」とランボーは呟《つぶや》いた。

「めったなことは言わないほうがいいですよ」

若い貴族はそう言って声をひそめた。

「ここには斑鳩宮がありましたが、山背大兄王も二年前に亡くなりました」

ランボーは驚きのあまり茫然《ぼうぜん》とした。上宮王家《かみつみやおうけ》がベトナム戦争に反対し、つねづね蘇我氏と対立していたことは知っていたが、まさか蘇我氏に殺されるとは思わなかった。ランボーは以前から山背大兄王に敬意を抱いていた。この愚かな戦争を止めることができるのは山背大兄王だけだと思っていたのである。

若い貴族はランボーが戦地へ行っていた間の出来事を語ってくれた。

二年前、山背大兄王を委員長とする「朝廷のベトナム政策に関する王族委員会」が設置され、山背大兄王は泥沼化するベトナムからの撤退を過激に主張した。彼は徹底した非暴力主義者であった。反戦運動は飛鳥を席巻《せっけん》し、「大王の位を狙った人気取りだ」と蘇我一族は陰口を叩《たた》いた。実際、山背大兄王は王位継承者として、蘇我氏と手を結んだ古人《ふるひとの》大兄皇子と対立する立場にあった。「自分は天下をむさぼる気はない」と山背大兄王は言ったが、蘇我入鹿は聞く耳を持たず、将軍巨《こ》勢徳陀《せのとこだ》らに命じて斑鳩宮を攻めさせた。山背大兄王はいったん生《い》駒山《こまやま》へ逃れたものの、常日頃から主張していた非暴力主義、ラブ&ピースの理想を捨ててまで入鹿と争うのを潔しとせず、ついにこの斑鳩宮に戻って子弟妃妾《うからみめ》もろともに自決したのであった。

「まことにいたましい事件で」とその若い貴族は語った。「蘇我氏の栄華の翳《かげ》る日が来るとは思えませんな。跡継ぎの蘇我入鹿殿は立派な人物ですからね。彼らに刃向かう者なんていませんよ。あなたも命が惜しいなら、おとなしくしていることです」

ランボーは貴族に礼を言い、飛鳥を目指して歩いていった。

うるうると膨れあがるかのような真夏の奈良の山々の向こうには、何か不吉な予兆のごとく、異様に大きな入道雲がそびえていた。

その貴族は微笑んでランボーを見送っていたが、やがて側近を呼び寄せ、あのベトナム帰還兵を尾行しろと言った。「私はこれから南淵《みなみぶちの》請安《しょうあん》先生のお宅へ参る。何かあればそちらに知らせよ」と命じるその目は、打って変わって鋭い光を放っていた。

この若い貴族こそ、蘇我氏打倒を目論《もくろ》む中臣連鎌足《なかとみのむらじかまたり》、後の藤原《ふじわらの》鎌足である。

○

ランボーは飛鳥川を辿《たど》って歩いていった。

裸一貫で郷里を出て、将軍巨勢徳陀の率いる海兵隊に入隊したのち、ランボーはこの飛鳥の地で厳しい訓練をうけた。その過酷さは想像を絶するものだった。反吐《へど》を吐くまで走らされ、五重塔から突き落とされ、何の武器もなくイノシシを素手で屠《ほふ》らねばならなかった。爆薬や武器の扱い、偵察技術も叩きこまれた。しかし海兵隊の訓練がどれだけ過酷であろうとも、戦地よりはマシであった。少なくとも飛鳥にベトコンはいなかったからである。

やがて飛鳥川の対岸に甘樫丘《あまかしのおか》が見えてきた。巨大な緑の獣が這うような姿をしていて、丘の上には蘇我蝦夷と入鹿が前年ようやく完成させた要塞《ようさい》が聳《そび》えていた。飛鳥を一望のもとに見下ろすその壮麗な要塞こそ、蘇我一族の栄華の象徴とも言える。

川岸に立って甘樫丘を見上げていると、背後から声をかけられた。

「こんなところで何をしている」

ランボーが振り向くと武装した兵たちが立っていた。

蘇我氏の配下である漢直《あやのあたい》が率いる兵たちだった。山背大兄王の死後、中大兄皇子《なかのおおえのおうじ》と蘇我入鹿の対立は激化しており、蘇我氏の警備を担当する漢直らは甘樫丘に近づく不審人物を片端から捕らえていたのである。

「怪しいやつめ。どこから来た？」と漢直は居丈高に言った。

ランボーは貧弱な兵たちを見て舌打ちした。喋《しゃべ》る気にもなれなかった。飛鳥川のほとりで戦争ごっこか。ここにいる誰ひとりとして本当の戦争を知らない。俺はあの戦争から帰ってきたのだ。俺は戦争の英雄なんだ。それなのに俺に対するこいつらの口の利き方はなんだ。むらむらと怒りが湧いてきた。

「おまえらの知ったことか！」

ランボーは怒鳴って黙りこんだ。

漢直らは腹を立て、彼を法興寺《ほうこうじ》へ引っ立てて行った。そこは推古天皇の御代に蘇我馬子が建造した寺で、広々とした境内には天を衝《つ》く五重塔と壮麗な仏殿がならんでいる。かつてはベトナムへ向かう兵たちの壮行会もここで開かれたものだ。

金堂へランボーが連れていかれると、僧たちと語らっている二人の男があった。

ひとりは蘇我入鹿、もう一人は古人大兄皇子である。

「なんだよ、そいつ」と古人皇子は怯《おび》えて腰を浮かせた。「中大兄の刺客だったらどうするんだ。こんなところへ連れてくるな」

しかし蘇我入鹿は古人皇子の怯え方を鼻で嗤《わら》い、ランボーに向かって言った。

「おまえ、ひょっとしてベトナム帰りではないか？」

ランボーは何も言わず、ただ入鹿をギロギロと睨《にら》むばかりである。

やがて蘇我入鹿はランボーに興味を失ったように、古人皇子に話しかけた。
曰《いわ》く、ベトナム戦争から戻って来た連中を見ると腹が立つ。あんな腑抜《ふぬ》けどもでは戦争が長引くのも無理はない。つい昨年もベトコンどもの奇襲作戦にマンマとやられたらしいが、休戦期間だからといってノンビリしている方が悪いではないか。休戦期間にこそ先手を打って攻撃すべきだった。俺ならそうする。かつて我が祖父蘇我馬子はドミノ理論を唱え、共産主義の拡大から我が国を守るべく立ち上がった。俺はその志を継いでこの国を守りたい。いっそ自分でベトナムへ乗りこみたいぐらいだが、国政をないがしろにするわけにいかないからもどかしくてならぬ。

　あまりの言いぐさにランボーは怒り心頭に発して入鹿に殴りかかったが、入鹿はまるで予想していたかのようにひらりと飛び退いた。野獣のようなランボーの剣幕に古人皇子は肝を潰《つぶ》し、瞬く間に本尊の蔭《かげ》に逃げこんでしまった。ランボーはすぐに漢直たちにのしかかられ、金堂の床に押さえつけられた。犬のように唸《うな》ってみてもどうしようもなかった。

　蘇我入鹿はせせら笑った。

「牢《ろう》に入れておけ。あとでベトナムの土産話でも聞こう」

　かくしてランボーは境内の隅に連れていかれた。

しかし彼は、竹で作られた牢を見てふたたび激しく抵抗した。

「やめろ、そんなところに入れるな」

ランボーの脳裏に戦地の情景がゆらめいた。土師猪手《はじのいて》に付き添って川をさかのぼった最後の任務、ベトナム戦争の闇の奥へ入りこんだ彼らは、ベトコンに捕らえられ地獄のような日々を送った。半ば泥水に浸《つ》かった竹の檻《おり》に閉じ込められ、与えられる食料といえば腐った肉片のみ。そして連日の拷問。戦友たちは衰弱して死んでいき、あの鋼《はがね》のような土師猪手でさえ狂死して、ランボーもまたあと一歩で死ぬというところまで追い詰められた。戦友たちの死骸《しがい》といっしょに閉じ込められていた牢獄の悪臭が鼻孔に甦《よみがえ》ってくる。

やめろ、やめろ、やめろ。俺をこんなところに閉じ込めるな。

気がつくとランボーは自分を押さえつけようとしていた男の腕をへし折り、その男から奪った拳銃《けんじゅう》でまわりの男たちの脚を撃ち抜いていた。銃声を聞いて漢直と蘇我入鹿が駆けつけてきたときには、血の海に男たちが倒れて苦悶《くもん》していた。

ランボーは境内を駆け抜け、軽々と塀を飛びこえていく。

漢直は怒号して手下を呼び集めた。男たちは手に手にライフル銃を持ってランボーを追った。

「お騒がせしまして、申し訳ございません」

漢直が入鹿に頭を下げると、入鹿は「なんでもない」というように手を振った。

「捕鳥部万《ととりべのよろず》の亡霊かな」

「嶋《しま》の大殿が恐れておられた人物ですか」

「今さら祟《たた》るとは、ノロマなやつだ。祖父《じい》さんはとっくに死んだというのに」

今は亡き祖父の蘇我馬子が厩戸《うまやどの》皇子らと組んで物部守屋《もののべのもりや》を攻め滅ぼしたとき、物部守屋の近侍だった捕鳥部万という男が夜陰に乗じて逃げ、山奥深くに隠れた。朝廷から派遣された数百の兵を敵にまわして一騎当千で戦い、射殺されるまでに何十人もの兵をひとりで殺した。「生かしておくわけにはいかなかった」と祖父は繰り返し語ったものだ。あんな男が自分を殺しにきたら百人の兵に守られていても安眠できない、と。「まことに然《しか》りだ」と入鹿は思った。敵は残らず殺さねばならぬ。

「あの男を必ず八つ裂きにしろ」と入鹿は漢直に命じた。

○

南淵請安ら大陸帰りの儒者たちが学を講じる学問所は飛鳥川上流のほとりにあり、

貴族の邸宅が集まる飛鳥の中心から離れていた。

　講義につかわれる広い板の間からは、ひらけた飛鳥の里を見渡すことができ、稲田や森や蓮池《はすいけ》を撫《な》でた涼しい夕風が吹きこんでくる。そしてその部屋は、怪しい人物が学問所に近づいてくればすぐに見て取ることができ、秘密の会談に好都合だった。

　南淵請安はすでに別室へ引き取り、板の間に残っていたのは三人だけだった。斑鳩宮でランボーに話しかけた中臣鎌足、中大兄皇子、そして蘇我倉山田石川麻呂《そがのくらのやまだのいしかわまろ》である。彼らは明日板蓋宮《いたぶきのみや》でおこなわれる高句麗《こうくり》、百済《くだら》、新羅《しらぎ》三国の調《みつき》を大王に献上する儀式の打ち合わせをしていたのである。しかしその儀式には、決して蘇我入鹿に知られてはならない一つの特別な手順があった。

「私が上表文を読み上げるのが合図ですね」

　倉山田石川麻呂は青い顔をして言った。「そのとき……つまり……」

　彼は決定的な言葉を口にするのを避けている。

「そうです。入鹿を殺す」

　平然と言ってのけたのは、中大兄皇子であった。何の怖れもないらしい様子である。

　彼は外の田園風景に目をやって、夕陽に染まる五重塔を見て目を細めた。

「その後すぐにあの寺に立て籠《こ》もる。迅速に行動しなければならない」

「馬子殿の建てた寺が我らの要塞《ようさい》になるとは皮肉なものだ」と倉山田石川麻呂は呟《つぶや》いた。「それにしても、本当に戦になりましょうか……」

「そうなると思っておきなさい。敵は残らず殺さねばならぬ」と皇子は言う。

計画を立案した中臣鎌足は、皇子の堂々たる態度に満足していた。

やはり俺は正しい人物を選んだのだ。なんという幸運なことであったろう。たしかに俺の頭脳は明晰《めいせき》だが、この国の政治を大転回させるという正念場にあっては、頭脳を超える何かが必要だ。その何かとは、いま俺の目の前に座っているこの皇子に他ならない。俺がこの人と巡り会えたということが、すなわち俺の進む道の正しいことを証明している。蘇我氏が国を牛耳る時代は終わりを迎えつつあるのだ。

いまいましい入鹿の顔が脳裏に浮かんだ。中臣鎌足はかつて周易《しゅうえき》を学ぶために通っていた学問所で蘇我入鹿と同窓であった。頭脳は互角と言われた。互角であったればこそ、鎌足は入鹿の権勢に激しく嫉妬《しっと》した。入鹿が鎌足のことを歯牙《しが》にもかけていないことが、なおさら鎌足を苛《いら》つかせたものだ。鎌足は凡庸な一貴族に過ぎず、いかに頭脳が鋭くとも、それを活《い》かせる権勢がなかった。しかしあの男と俺という人間に何のちがいがあるだろう。あの男に世が支配できるなら俺にだってできるはずだ。

二年前、上宮王家の山背大兄王が入鹿に攻め滅ぼされたとき、次の大王となるべき皇子は二人に絞られた。一人は古人大兄皇子、そしてもう一人は中大兄皇子である。蘇我入鹿は古人大兄皇子を選んだ。そして鎌足は中大兄皇子を選んだ。法興寺のフットボール大会で鼻血が出るほど頑張ってタッチダウンを決め、中大兄皇子の目にとまることに成功したのは昨年の春のことだ。それから長い時間をかけて語らい、皇子の懐に入りこみ、やがて共通の目的を摑《つか》んだあとは綿密に計画を練ってきた。すべては明日にかかっている。失敗すれば命はない。成功すれば栄華は欲しいままである。日《ひ》出処《いずるところ》のこの国のかたちを俺がこの頭脳で決める。

中臣鎌足が黙って考えこんでいると、中大兄皇子が「さて」と言った。

「斑鳩宮の様子はどうだった？」

鎌足は我に返った。そして「特に変わったところもありません」と答えた。

「やはりつまらぬ噂話か」

「そのようですな。誰がそんな噂を流したものか……」

このところ、上宮王家の亡霊が出るという噂が斑鳩の里に広がり、ついに飛鳥の朝廷にまで届いた。蘇我入鹿は一笑に付したが、中大兄皇子もその母である大王も、そしてあの恐いもの知らずの将軍巨勢徳陀でさえも気味悪がっていた。

はじめのうち中臣鎌足には解せなかった。たしかに山背大兄王を攻め滅ぼしたのは巨勢徳陀と彼が率いる海兵隊の一部隊であり、ときの大王も中大兄皇子もそれを黙認した。上宮王家は彼らにとっても目障りな存在だったからである。敵は残らず殺さねばならない。それはよいが、しかし今になって、なにゆえかくも怯《おび》えるのだろうか。しかし、やがて鎌足は彼らが本当に恐れているのは山背大兄王ではないのだと分かってきた。彼らが恐れているのは上宮王家の奥の院、山背大兄王の父、今は亡き偉大なる皇子のことなのだ。誰もその名を口にしようとしないが――。

「そういえば斑鳩宮跡でベトナム帰還兵と会いましてね」

鎌足が話題を変えると、中大兄皇子は眉《まゆ》を上げて興味のある顔つきをした。

「その男はなんと言っていた？」

「戦地はやはりひどい有様のようです。その男はあまり喋《しゃべ》ろうとしませんでしたがね。ああいう立派な男たちが魂の抜け殻のようになって帰って来る。まったく嘆かわしいことですよ」

「馬子の始めた戦争をなんとしても終わらせねばならない。大王は和平を望んでおられるし、私も賛成だ。山背大兄王ともその点で志は同じだった」

「公式ルートの交渉は頓挫《とんざ》したそうですが」

「蘇我入鹿にその気がないからな。そもそも公式ルートだけでは打てる手が少ない。

北ベトナムとの間に非公式のパイプを作っておく必要があるだろう。いずれおまえがパリへ飛んでくれると助かる」

「目の前の大仕事が片付きましたら、なんとかやってみましょう」

ベトナム戦争などに足を取られている場合ではないのだ、と鎌足は思った。

氏族の寄り合いみたいな非文明的な手続きで国家を運営するのがそもそもの間違いだ。そんなことだから蘇我氏の一存でこのように愚かな戦争が続く。我々はもっと唐《とう》の国の進んだ制度を取り入れて、システマティックな国作りをしなければならない。世界に恥じるところのない文明国にならねばならない。そのための改革であり、そのための流血なのだ。

そのとき中大兄皇子が外を見やり、「誰か来たようだ」と言った。

鎌足が立ち上がって外を見ると、田園風景を走ってくるのは斑鳩宮からベトナム帰還兵を尾行させた側近だった。息せき切って駆けつけてきたその側近が報告するには、あのベトナム帰還兵が先ほど法興寺の境内で漢直の手下たちを数名傷つける騒ぎを起こし、逃亡したとのことであった。追われた男は甘樫丘の森に逃げこみ、今は蘇我氏配下の兵たちが森を取り囲んでいるらしい。

「あの男め、やはりただ者ではないと思ったが……」と鎌足は呟いた。

「ひょっとして、その男はランボーではないか？」と中大兄皇子が思いついたように言った。「巨勢徳陀から聞いたことがある。海兵隊最強の男のひとりで、巨勢徳陀が一目置いている人物だ」

「しかし、ランボーという兵はベトナムの奥地で消息を絶ったはずです」

「生きて帰って来るとはな。巨勢徳陀もさぞかし驚くだろう」

ランボーの出現が明日の計画にどのように影響するか。ただでさえ今日から明日にかけて何が起こるか予断を許さないのに、いよいよ事態は混沌《こんとん》としてきた。

「ランボーめ、まずいときに帰ってきてくれた」と鎌足は呟いた。

○

ランボーは甘樫丘の森深くに踏みこんでいった。飛鳥川を泳いで渡ったせいで、身体は濡《ぬ》れそぼっていたが、難波津から歩き通して来た身にはかえって気持ちがよかった。蘇我氏の手下たちは森の外に集まって、どうやってランボーを捕らえたものかと思案しているらしい。

ランボーはぶるぶると身体を震わせ、太い楠《くすのき》にのぼって座りこんだ。

一丁の拳銃《けんじゅう》をズボンに挟み、目を閉じて森の匂いを嗅《か》いだ。戦地にいた頃、よくこうやって森の気配に耳を澄ましたものだった。あのときは自分の命を守るためであり、敵を殺すためだった。しかし今、こうして静かに森の気を吸っていると、戦地との違いに驚かされる。戦地のあの不気味な森に比べて、この飛鳥の森の優しさはいったい何だろうか。我々には我々の深く馴染《なじ》んだ森がある。あんな異国の森の奥深くへ立ち入るべきではなかったのだ。ベトコンだけが我々に牙《きば》を剥《む》いたのではなかった。森そのもの、国土そのものが我々に牙を剥いていたのだ。

やがて追っ手の男たちが手に手にライフル銃を持って森に入ってきた。その身のこなしを見ていると、まるでボーイスカウトの子どもたちを相手にしているような気がした。彼らはランボーの姿を見て次々と発砲したが、弾は木の枝にあたって乾いた音を立てるばかりだった。

「ヘタクソめ！」

ランボーは撃ち返して木から飛び降り、さらに森の奥へ進んでいった。

拳銃を手に木立をかき分けて進んでいると、ベトナムから遠く離れて帰国する間に失われていた闘争本能が身のうちに甦《よみがえ》ってきた。下草をかき分ける音が戦地の記憶とつながっていく。ランボーは幾多の凄惨《せいさん》な戦いをくぐり抜けてきた。いかにひどい戦いが行われているか、内地の人間たちはまったく分かっていない。俺たちのような兵だけがそれをまざまざと目の当たりに見ている。残虐に相手を殺し、自分たちもまた残虐に殺される。すべては森の闇の中だ。

　あれはテト攻勢による混乱がようやく落ち着いた頃のことだった。

　一時的にサイゴンに滞在していたランボーに指令が下り、他数名の兵士たちとともに、ある特殊任務を帯びた軍人を護衛するように言われた。その軍人は土師猪手という名で、飛鳥の蘇我蝦夷からじきじきに重大な命令を受けているという。土師猪手はなかなか任務の全貌《ぜんぼう》を明らかにしてくれず、ランボーたちはわけの分からないまま、軍用ボートに乗って川をさかのぼっていった。ベトナム奥地にひそむ南ベトナム解放民族戦線の某指導者を暗殺するためだと聞かされたあとも、そんなことをなぜ蘇我蝦夷じきじきに命令し、かくも秘密裏に遂行しようとするのか分からなかった。

　あの奥地で捕らえられ、死臭の漂う牢獄《ろうごく》で正気を失う一歩手前にあって、ようやく土師猪手は暗殺任務のターゲットについて述べた。

「我々が殺さなければならないのは四人組だ。四人の指導者だ」

　土師猪手は正気を失いつつあったから、それが本当にランボーたちの任務であったのか、それとも混乱した意識が言わせた妄言なのか分からなかった。土師猪手は四人どころかひとりの指導者を殺すこともできぬまま数日後にはうわごとを言いながら死んでいった。

すべての仲間を失い、どのぐらい時間が流れたのかも分からなかった。

自分もまた泥水の中で朽ちていくだろうと諦《あきら》めかけたとき、ひとりの異様な老人が牢の前に現れてランボーを見下ろしていた。ベトナムの奥地での暮らしが老人の相貌《そうぼう》を変えていたが、それでも彼が同国人であることがランボーには分かった。

これが土師猪手の言った指導者なのか？

「あなたは誰だ？」とランボーは呼びかけた。「四人組のひとりか？」

「私はひとりだ」

「……俺は死ぬのか。任務は失敗だった」

「失敗してはいない」と老人は言った。「おまえの任務はこれから始まる」

老人は手下の者たちに命じて牢を開けさせた。ランボーはよろよろと転がり出た。身体は衰弱して、立ち上がるのもやっとという有様だった。意外なことに老人は少しの食料をランボーに渡して、彼をその森の奥深くから送りだした。

「日出処へ帰れ、偉大なる戦士よ」

ランボーは這《は》うようにして森を抜けていった。次にベトコンに捕まるときは死ぬときだ。何度か危ういときがあったが、そのたびに自分の傍らに何か巨大なものが降り立つような気配を感じ、敵兵たちは悲鳴を上げて逃げていった。見えない者たちが自分を守っているのだが、それが何なのかは分からないのだ。やがてランボーは味方の軍に救われることになったが、ベトコンだらけの森を武器も持たない瀕死《ひんし》のランボーがどうやって抜けてきたのかと、ランボーを救った司令官は首をひねった。

自分は本当に生き延びたのだろうか。自分は本当に帰ってきたのだろうか。

ランボーはあの奇妙な老人が別れ際に言った言葉を思い出した。

「日出処へ帰れ、偉大なる戦士よ」

そのとき銃声が響き、物思いに耽《ふけ》っていたランボーの頬を銃弾がかすめた。

頬から流れた血を舐《な》めると、ランボーの身のうちに力が漲《みなぎ》ってきた。

俺は戦争の英雄だぞ、偉大なる戦士だぞ、とランボーは呟《つぶや》いた。俺は地獄を生き延び、日出処へ帰ってきたのだ。

その後、ランボーは甘樫丘の森の奥深くに蘇我氏の手下たちを誘いこみ、一人また一人と血祭りに上げていった。戦地で身につけたあらゆる戦術が役に立った。蘇我氏の手下たちはランボーの居どころさえ摑《つか》めないうちに次々と打ち倒されていった。ある者は石で頭を打たれて昏倒《こんとう》し、ある者は竹槍《たけやり》で脚を貫かれた。森に夜のとばりが下り始める頃には十数人の兵が負傷していた。

ついに漢直は一時撤退を命じた。ランボーを八つ裂きにすることは容易ではないと、ようやく彼らも悟ったのである。

○

ランボーがひそむ森を兵たちが取りかこんだまま、飛鳥の夜は更けた。

無数の篝火《かがりび》が甘樫丘の裾《すそ》を赤く浮かび上がらせている。

兵たちがアラメの汁を玄米飯にかけてむさぼり喰《く》う音があちこちから聞こえてきた。

蘇我入鹿の命令で兵の数は増えるばかりだった。蘇我氏の要塞《ようさい》を守る兵ばかりか、衛門府の兵たちも続々と包囲網にくわわった。誰も入鹿の意向には逆らえなかった。入鹿はランボーを八つ裂きにしても足りないと怒鳴った。様子を見に来た古人皇子も入鹿の剣幕に恐れをなして、早々に宮へ逃げ帰ったほどである。

入鹿は急ごしらえの陣地に海犬養勝麻呂《あまのいぬかいのかつまろ》、佐伯子《さえきのこ》麻呂《まろ》、葛城稚犬養網田《かずらきのわかいぬかいのあみた》、高向臣国《たかむこのおみくに》押《おし》らを集めて作戦を練っていた。

「朝廷を防衛する兵を動員するのは如何《いかが》なものか」

高向臣国押が苦言を呈すると、入鹿は「ランボーがいつ朝廷に殴りこむか分からない危険な男」であり、「今のうちに追い詰めて殺しておくべきだ」と主張した。なおも高向臣国押が渋い顔をしていると、入鹿は不愉快そうに「そうやってまた逃げるつもりか」と決めつけた。高向臣国押は「滅相もありません」と言って頭を下げた。彼は山背大兄王が生駒山へ逃げたとき、入鹿の追撃命令を拒んだことがある。ここでも入鹿に楯《たて》突いて、目をつけられるのは避けたかったのであろう。

しかし森にひそむひとりの男を恐れているのは誰もが同じであった。

「あの男はランボーだというではないか」

「物部守屋の捕鳥部万、あれの再来だ。下手をすればもっと犠牲者が出る」

「この暗さでは狙い撃ちにされる。やつは兵からライフル銃を奪っているのだ」

「森を包囲するために兵を割くのはいいが、森に踏みこむのは明日の朝を待つべきだ」

入鹿が「腰抜けどもめ！」と会議卓を叩《たた》いて怒号すると、軍幹部たちは奥歯を嚙《か》みしめて黙りこんだ。「おまえらみたいな腰抜けばかりだから、ベトナム戦争が長引くのだ。もっと勇敢な軍人が揃っていれば、ベトナムなんぞとっくに我らの掌中にある」

そのとき軍用テントにゆったりとした動作で入ってきた巨漢があった。将軍、巨勢徳陀である。彼は他の軍人たちから半ば軍神のように崇拝されている人物であった。

巨勢徳陀はどっかりと椅子に腰をおろし、「蝦夷殿はどちらにおられるのか？」と訊《たず》ねた。

「丘の上の要塞にいる」と入鹿が答えた。

「ランボーが森にいるというのに、かまわないのかね？」

「要塞にいるほうが安全だ。まわりを精鋭が囲んでいるからな」

ランボーの実力について巨勢徳陀は誰よりも多くを知っている。将軍は海兵隊の訓練中にランボーが示した優秀な成績とベトナム戦争における武勲について語った。あたかもランボーを讃《たた》えるかのような口ぶりだった。

入鹿は苛立《いらだ》ちを募らせ、巨勢徳陀の言葉を遮って叫んだ。

「ランボーは無敵だとでも言いたいのか」

「そのとおり、ランボーは無敵である」と巨勢徳陀は哀しげに頭《かぶり》を振った。「海兵隊を提供したいのはやまやまだが、なにしろ優秀な兵はことごとくベトナムへ送っておりますのでな。ランボーを倒せるような兵は儂《わし》の手元には一人も残っていない」

「将軍のあなたがそのように弱気では困る」

「ランボーを捕らえて殺そうとするよりも彼と話し合うべきだろう。このままでは犠牲者が増えるばかりだ。あの男はきわめて優秀な殺人兵器なのだ」

蘇我入鹿は黙りこみ、鋭い目で巨勢徳陀を見つめた。

巨勢徳陀は何かに怯《おび》えているようだった。百戦錬磨の強者が何に怯えているのか、と入鹿はいぶかしく思った。例の斑鳩で広まっている噂のことだろうか。上宮王家の呪いが蘇我を滅ぼすという噂と、ランボーの帰還に関連があるとでも思っているのか。俺の命をうけて山背大兄王を攻め滅ぼした報いに、ランボーが自分を殺しに来るとでも……。しかし、だとすればランボーに殺されるべき者は、この飛鳥の地に掃いて捨てるほどいる。俺が山背大兄王を討ち取ると決めたとき、大王も中大兄皇子もこれ幸いとばかりに上宮王家を見殺しにした。大王の弟さえ殺戮《さつりく》にくわわっていたのだ。朝廷に忘れたとは言わせん。その手が血で汚れていない人間など一人もいない。

「ランボーは必ず殺さねばならん」

入鹿は立ち上がって言った。

「このまま森の包囲を続け、夜明けが来たら一斉に山狩りを開始する」

入鹿はテントを出て、夜営する兵士たちの間を抜けていった。

甘樫丘は巨大な黒い獣のごとく目前にあった。その丘の背に蘇我の要塞がある。警備の篝火《かがりび》が盛んに燃えているために、まるで炎上しているかのように見える。

入鹿はその要塞に暮らす父親の蝦夷のことを考えた。

ここ数年、蘇我蝦夷は病気がちだった。身体が弱るにつれて妄想がひどくなった。何者かが自分を殺しに来るとしきりに怯える。その蝦夷がベトナム奥地に私的な暗殺部隊を送ったと知ったのは前年のことであった。「なにゆえそんなことを」と問い詰めたものの、蝦夷の言うことは支離滅裂だった。どうやらベトナム奥地に蘇我氏を滅ぼす敵がいると思いこんでいるらしい。「四人組が殺しにくる」と怯える父親を前にして、入鹿は呆《あき》れ果てた。これが親父のなれの果てか。

「耄碌《もうろく》した老人に野望を邪魔されてはたまらぬ」

入鹿は警備の兵たちに命じて蝦夷を要塞に監禁させた。その要塞は蝦夷が我が身を守るために建てたものだったが、蝦夷自身の牢獄《ろうごく》ともなったのである。

空はただ一つの星も見えない暗黒で、今にも雨が降りだしそうだった。熟れきった果実のような甘い匂いが闇に充《み》ちてきた。

蘇我入鹿は腕組みをして、ランボーのひそむ黒い森を見つめていた。

○

朝、ランボーが楠の梢《こずえ》で目覚めると、降り続く雨が森を鳴らしていた。

まるで熱帯のようにムッとする湿気が森に立ちこめている。細かい塵《ちり》のような雨の飛沫《ひまつ》が、身体に巻きつけた蔓草《つるくさ》を濡《ぬ》らしていた。

ランボーはサッと身を起こして水滴を振るい落とし、ライフル銃を握って雨の音に耳を澄ました。降り注ぐ雨の音の隙間に、男たちが息を殺して進んでくる物音が混じっている。枝の折れる小さな音、葉の擦《す》れる音、押し殺した息遣い。よほどの訓練を積まなければ、森の中を音もなく移動はできない。ランボーの耳を誤魔化すのは容易ではなかった。ランボーはこの森を取り囲んでいる兵の人数さえおおよそ勘定することができた。兵たちはじりじりと包囲網をせばめつつある。

ランボーはすぐさま行動を起こした。

それから数時間、入鹿の命で森に入った兵たちは大混乱に陥った。敵の姿はまったく見えないにもかかわらず、仲間が次々に打ち倒されていく。銃弾はどちらから飛んでくるのか、まったく予想もつかない。負傷した兵たちは下草を血に濡らして呻《うめ》き声を上げ、あちこちから救助を求める声が響いた。犠牲者が増えるにつれて、次第に森の中を悲鳴と怒号が充たしていき、兵たちの中には指揮に従わずに逃げだす者も現れた。やがてランボーは負傷兵から奪った手榴弾《しゅりゅうだん》を続けざまに投げて爆発させ、おおかたの兵を森の外へ追いだしてしまった。

森から逃げだしてくる兵たちを見て蘇我入鹿が激怒したのは言うまでもない。

彼は真っ先に逃げだしてきた兵を飛鳥川へ容赦なく放りこみ、「逃亡兵は簀巻《すま》きにして川に沈める」と宣言した。「こうなれば俺が乗りこむ。おまえたち、ついて来い」

かくして蘇我入鹿は兵を率いて森に入った。

一方、ランボーはさらに森の奥へと進んでいた。

やがて彼は壊れかけた小さな山小屋を見つけた。それは蘇我氏の要塞《ようさい》を建造する際、人夫たちが使っていた小屋らしく、今はすでに放棄されているらしい。

その小屋へ足を踏み入れたとき、ランボーは床下から一筋の不思議な光が洩《も》れていることに気づいた。散らばった板きれや落ち葉をかきわけると、大きな石蓋《ぶた》があらわれた。ランボーは「誰かそこにいるのか？」と拳銃《けんじゅう》をかまえて呼びかけた。

そのとたん、光はちかちかと瞬いて消えた。あたかも誰かが逃げ去ったかのようだ。

手近にあった枝を梃子《てこ》にして石蓋を持ち上げると、ぽっかりと暗い穴が開いた。先ほど洩れていた光はどこにもない。小屋の床に腹ばいになって地下を覗《のぞ》くと、四《よ》つん這《ば》いになってやっと通れるぐらいの狭い通路が延びていた。地面には石が敷かれているし、補強のための柱も見える。明らかに人工的に掘ったものである。頬に空気の流れを感じた。この通路はどこかへ通じているらしい。

ランボーは通路の奥に目をこらした。何も見えない。

「いったいこの通路は何だ？」

そのとき、小屋の外で人の動く気配がした。

床に肘《ひじ》をついて身を起こしたとき、傍らのライフル銃が倒れて音を立てた。

そのとたん、小屋の外から猛烈な一斉射撃を受けた。ランボーは銃を抱えて床に伏せた。あたりは耳をつんざく轟音《ごうおん》に包まれ、砕け散った木片が降り注いでくる。ランボーは「しまった」と舌打ちした。妙な地下通路に気を取られて、敵兵の接近に気づかなかったのである。

今や山小屋は、蘇我入鹿率いる兵に包囲されていた。

ひとしきり銃弾を浴びせたあと、蘇我入鹿は手を挙げて銃撃を止めさせた。しかしランボーが小屋の中から撃ち返して、入鹿の傍らに立つ兵を打ち倒した。入鹿は怒りで蒼白《そうはく》となった。彼が「撃て撃て撃ちまくれ！」と怒号するや、ふたたび一斉射撃が始まり、山小屋はプリンのようにプルプル震え、飛び散る木屑《きくず》と硝煙があたりに濛々《もうもう》と立ちこめた。

入鹿はロケットランチャーをかまえて狙いをさだめた。

「死ね、ランボー」

入鹿が榴弾《りゅうだん》を撃ちこむと山小屋は木っ端微塵《みじん》に吹っ飛んで炎上した。もうめちゃくちゃである。いかに不死身のランボーといえども、生き延びられるはずがない。

兵たちの雄《お》叫《たけ》びで森が揺れた。

「蘇我入鹿様、万歳！」

入鹿は笑みを浮かべて汗を拭《ぬぐ》った。

昨夜はどうなることかと思ったが、いくらランボーが戦争の英雄だといっても多勢に無勢だ。この俺様に勝てるわけがない。いよいよ俺の時代が幕を開けようというのに、たかが戦争神経症患者一人に邪魔されてたまるものか。どんな強敵であろうと残らず踏み潰《つぶ》して進んできた俺だからな。くそ忌々しいランボーめ、一瞬で死ねただけでもありがたいと思え。

「俺はこれから板蓋宮へ参る。あとはまかせたぞ」

蘇我入鹿は傍らに立つ漢直に耳打ちした。

「ランボーの死体を見つけたら俺のところへ持って来い。犬の餌にしてやる」

○

その頃、中臣鎌足は中大兄皇子の宮をひそかに訪ねていた。

陰鬱《いんうつ》な雲が垂れこめて日暮れのように暗く、激しい雨が降り続いていた。鎌足と皇子が向き合っている板の間は、じっとりと濡れているように感じられた。

この鬱陶《うっとう》しい雨は不吉な前兆なのだろうか、と鎌足は思った。いや俺としたことが、あと半日でこの国の中心を摑《つか》み取ろうというのに縁起でもないことを――。

「鎌足、何を考えこんでいる？」

鎌足の不安を見抜いたかのように皇子が微笑みを浮かべた。

その顔を見た鎌足は、自分の心に兆した僅《わず》かな不安さえ、この皇子の目から隠すことはできないのだと思った。皇子がそのような鋭さを見せるとき、首根っこをおさえられたように感じたが、それは悪い気持ちではなかった。こうでなくてはいけないのだと、頼もしい気さえした。

「これは失礼いたしました。日頃の癖が出まして……」

「おまえの頭脳は俺より鋭いが、もはや考えて何とかなるものでもない」

そう言って中大兄皇子はからからと笑った。「やるべきことをやるだけだぞ」

おかげで不吉な思いは消えて、鎌足も笑った。

「たしかに、あとはゴール目指して走るばかりです」

「なんとしてもタッチダウンを決めてやろう」

もはや計画について話し合う必要はなかった。皇子が朗らかに言うように、やるべきことをやるだけなのである。二人は宮の屋根を叩《たた》き続ける雨音を聞きながら、フットボールの話をした。すべてが片付いたあとはまたおまえとフットボールがやりたいものだと中大兄皇子は言った。昨年の春、法興寺のフットボール大会での中大兄皇子との出会いが鎌足の脳裏にきらめいた。鼻血を噴きながらタッチダウンを決め、中大兄皇子に褒められたときの熱い喜びがよみがえってきた。

そのとき鎌足の側近が急ぎの知らせを持ってきた。

「先ほど甘樫丘にて、ベトナム帰還兵ランボーが討ち取られたとのことでございます」

「蘇我入鹿がやったのか？」

「帰還兵ランボーは山小屋に籠《こ》もって激しく抗戦しておりましたが、蘇我入鹿殿みずからロケットランチャーで吹っ飛ばしておしまいになったとのことでございます。山小屋は木っ端微塵でございまして、遺体の確認には時間がかかりましょう。すでに蘇我殿は板蓋宮へ向かわれました」

それだけを伝えて側近は退いた。

「ランボー、哀れな男め」と鎌足は呟《つぶや》いた。「彼もまた犠牲者だった」

しかし中大兄皇子は何か考えこんでいる風であった。

「どうかなさいましたか？」

「ランボーに与えられたという任務を思いだしていた」

「あの暗殺計画でございますか？」

蘇我蝦夷がベトナム奥地へ送った暗殺部隊のことは鎌足も知っていた。

以前鎌足は中大兄皇子の命をうけ、その計画の全貌《ぜんぼう》を探ろうとした。しかしそれは蝦夷の独断で決定されたものであり、正規の指揮系統を踏まえた命令もなく、軍関係者は誰ひとり知らなかった。計画の全貌を知るのは蝦夷自身と、彼の密命をうけてサイゴンへ飛んだ土師猪手ひとりだけらしい。鎌足はサイゴンに駐屯する部隊に連絡を取って、土師猪手がランボーを含む数名の精鋭とともにメコン川をさかのぼったことまでは摑んだが、彼らの消息はそこで絶えてしまった。

「そもそも蝦夷は誰を暗殺しようとしていたのだろうな」

中大兄皇子は呟いた。「入鹿にさえ秘密にしていたというのが解せない」

「蝦夷は狂っているという噂もあります」

「ああ、おそらく蝦夷は狂っている。しかし実際にベトナムの奥地で何かが起こったのだ――。精鋭部隊が全滅するような目に遭って、なぜランボーひとりが生還できた？」

中大兄皇子は澄んだ目をして鎌足の顔を見た。

そのとき、夏草に埋もれた斑鳩宮の跡地の情景が鎌足の脳裏によみがえってきた。

どうして皇子は上宮王家の滅びた地へ自分を派遣したのだろう、と鎌足は思った。皇子に命じられて斑鳩の里へ出向くことがなければ、ランボーに出会うこともなかったろう。斑鳩の里に広がる上宮王家の亡霊の噂、蘇我氏滅亡を目前にして姿を現したベトナム帰還兵ランボー。それは偶然ではなく宿命なのかもしれぬ。我々を押し流す何か大きな流れを皇子は見ているのではないか。ひょっとすると――。

「ランボーは生きているとお考えですね？」と鎌足は言った。

「だいぶ鋭くなったな、鎌足」

中大兄皇子は笑った。

そこへ皇子の付き人がやってきた。

「そろそろ、お出ましにならなければ間に合いません」

中大兄皇子は無言で立ち上がり、縁に出て暗い空を見上げた。雨は降り続けている。

鎌足はその傍らに立って同じように空を見上げた。不吉な予感はもう消えていた。

「怖いか、鎌足」

「余裕綽々《しゃくしゃく》でございます、皇子」

「その心意気やよし。もはや我らの時代だ」

○

その頃、ランボーは暗い地下通路を進んでいた。

中大兄皇子の睨《にら》んだとおり、彼は生きていたのである。

蘇我入鹿によってロケット弾が撃ちこまれる寸前、ランボーは床の穴にもぐりこみ、必死に地下通路を這《は》い進んだ。できるかぎり遠ざかったところで、爆発の衝撃があたりを揺るがした。背後から吹き寄せてくる熱い爆風に息が詰まったが、ランボーは頭を抱えて冷静にやり過ごした。壁土がいくらか崩れたものの、頑丈に建造された地下通路は幸いなことに崩落しなかった。

爆風がおさまるのを待って、ランボーはホッと息をついた。危ないところだった。この地下通路を見つけていなければ、あの山小屋もろとも木っ端微塵にされていたところだ。

「……さて、どうするかな」

たとえ引き返したところで、入鹿の兵たちが見張っているだろう。俺が死んだという証拠を掴まないかぎりは引き上げまい。ならばこの地下通路を行けるところまで行くしかない。

ランボーは地下通路の先に目をこらした。

あたりは真の闇であり、さすがのランボーにも何も見えない。しかし濃い闇の中を流れる僅《わず》かな風をランボーは敏感にとらえた。この通路は必ずどこかへ抜けている――そう思ったとき、前方の闇の奥で白い光が明滅するのが見えた。先ほど山小屋の床下から洩《も》れていた明かりを思いだした。ひょっとすると、誰かが俺の先に立って進んでいるのかもしれないぞ。

ランボーはライフル銃を背負い、地下通路を這い続けた。

進むにつれて地下通路は広くなっていく。

「いったいこの通路は何だろう」

その地下通路は、甘樫丘の要塞《ようさい》が建造された当時、蘇我蝦夷が命じて掘り抜かせたものであった。万が一要塞に攻めこまれた場合にそなえた脱出トンネルである。蝦夷は我が子を信用していなかったので、入鹿でさえこの地下通路の存在を知らなかった。そして闇雲に這い進んだランボーは、いつの間にか蘇我氏の要塞の真下にまで来ていたのである。

やがて石造りの壁に丸く取りかこまれた場所へ出た。

四方を手探りしても冷たく湾曲した石の壁があるばかりである。頭上を見上げると、はるか彼方《かなた》に僅かな明かりが見えた。目を凝らしているうちに、それが板の隙間から射す明かりだと分かった。ここは井戸の底なんだな、とランボーは考えた。それにしても、先ほど見えていた白い光の主はどこへ行ったのだろう。どう考えてもそこは完全な行き止まりだった。登るしかない。

ランボーは壁の凸凹《でこぼこ》に手をかけると、やすやすと登っていった。そのうちランボーは、板の隙間から洩れてくる明かりが自然の光ではないことに気づいた。

用心しながら板を押しのけ、ランボーは井戸の縁に手をかけた。

あたりを見まわすと、そこは広い板の間らしかった。四方の壁をふさいでいるために太陽の光が入らないのであろう。そのかわり、あちこちに灯明が点《とも》っている。

銃声が聞こえ、ランボーの頬を銃弾がかすめた。

ランボーは身体を持ち上げて井戸から飛びだし、床を転がった。二発目、三発目と銃弾が飛んでくる。それらを危うくかわして、ランボーはライフル銃をかまえた。

灯明の明かりに包まれて、銃を握った老人が立っていた。

まるで牢人《ろうにん》のように薄汚い格好をしている。ススキのような髪が天をつき、顔は髭《ひげ》に覆われている。その目は狂気を帯びて爛々《らんらん》と輝いていた。

「おまえは何者だ？」と老人は言った。

この男は蘇我蝦夷だ――ランボーは気づいた。

「俺はランボーだ。戦争から帰ってきた」

「どうしておめおめと帰ってきた。戦争はまだ終わっていないぞ」

「もう戦争はたくさんだ」

「ははん。山背大兄王の同類、ラブ＆ピースの輩《やから》か」

老人は虚空を睨み、うわごとを呟《つぶや》くように続けた。

「分からんやつらめ。戦争を始めたからには勝たねばならない。我が父、馬子がトンキン湾事件を口実に戦争を始めて何年戦ってきたと思うか。たしかにあれは嘘デタラメであったが、しかし始めてしまえば勝つしかない。膨大な戦費、膨大な人命、この国を傾けるほどの犠牲を払って、今さら引き返せるわけがない。我らは勝たねばならないのだ。勝たねば戦争は終わらない」

「しかし、おまえたちは何もしていないではないか！」とランボーは叫んだ。「俺たちのような兵を異国の森へ送りこんで次々と無駄死にさせているだけだ！」

「たかが一兵卒が偉そうに何を言うか」

老人はギロリとランボーを睨みつけた。

「儂《わし》とて手をこまねいていたわけではない。この果てしのない戦争、ベトナム戦争の泥沼を生み出す諸悪の根源は深い森の奥にある。蘇我への怨念《おんねん》が顕現したるもの。我らによって毒殺され、王家滅亡に追いやられた、あの忌々しい皇子の怨念がさらなるベトコンを生み育て、我ら蘇我の野望を打ち砕こうとしているのだ。だから儂は刺客を送りこんだ。闇の奥に潜む亡霊を討ち取るべく、土師猪手と僅かな精鋭たちに命じて川をさかのぼらせ……」

「土師猪手だと？」

その名を聞いたとき、ランボーの脳裏にベトナムの奥地で経験した地獄が甦《よみがえ》ってきた。存在さえたしかではない四人組の指導者。泥と腐臭にまみれた牢獄《ろうごく》、繰り返される拷問、次々と死んでいく仲間たち。そしてランボーを解放した、あの謎めいた老人。

「日出処へ帰れ」という言葉。

蘇我への怨念が顕現したるもの――。

ランボーは夢中で蝦夷の胸ぐらを掴《つか》んだ。

「俺が会ったあの老人は――厩戸豊聡耳皇子《うまやどのとよとみみのみこ》だったというのか？」

「……厩戸皇子！」

ふいに蝦夷は息が詰まったようになり、ランボーの顔をまじまじと見た。

「ではおまえなのか？」

蝦夷は怯《おび》えたように叫んだ。

「おまえはあの皇子が寄越《よこ》した刺客なのか？」

そのとき薄暗い板の間に不思議な白い光が充ちた。あまりの眩《まぶ》しさにランボーが目を閉じると、蘇我蝦夷の悲鳴が聞こえた。戦地から逃げだすときに自分を守ってくれたものたちの気配が感じられた。

目を開けると、白い光の中に天を衝《つ》く四天王が立っていた。

持国天《じこくてん》、増長《ぞうちょう》天、広目《こうもく》天、多聞《たもん》天。

かつて蘇我氏が物部守屋を滅ぼしたとき、厩戸皇子が勝利を祈願した神たち。

そのとき、ようやくランボーは悟ったのである。自分は血塗られた蘇我氏の歴史を清算するため、ベトナムの闇の奥から厩戸皇子によって遣わされたのだと。

「おまえの任務はこれから始まる」という声が広間に響いた。

蘇我蝦夷は悲鳴を上げ、その場に卒倒した。

○

板蓋宮は雨に包まれて煙っていた。

十二の通門はすべて、中大兄皇子の命令で衛門府の兵たちによって封鎖されている。宮殿内への銃器の持ちこみは禁じられているので、中臣鎌足は佐伯子麻呂と葛城稚犬養網田それぞれに剣を持たせて大極殿の脇にある柱の蔭《かげ》に隠れさせていた。中大兄皇子もまた自ら長槍《やり》を持って隠れている。

一方の蘇我入鹿はベトナム帰還兵ランボーを自分の手で倒したことに得意満面であり、上機嫌で大臣の席についた。ときおり杓《しゃく》をロケットランチャーに見立てて武勇伝を吹聴《ふいちょう》し、まわりの人間たちに愛想笑いを強要している。

中臣鎌足はそんな大臣の姿を眺めながら、妙な感慨にとらわれた。あの男がまだ何も知らずにいるというのは不思議なことだ。生きてこの大極殿から出ることはないというのに、そんなことは想像だにせず、楽しげに武勇伝を語っている。

やがて大王が大極殿に姿を見せ、その傍らには古人大兄皇子が立った。

激しくなった雨が宮殿の屋根を叩《たた》く中、儀式は滞りなく進んでいき、やがて蘇我倉山田石川麻呂が大王の面前で上表文を読み上げ始めた。計画ではここで子麻呂と網田が剣を持って入鹿に斬りかかる予定である。中臣鎌足は息を呑《の》んで見守っていたが、いつまで立っても子麻呂と網田は斬りかかろうとしなかった。彼らはすっかり怖《お》じ気《け》づいていたのだ。

「まずいぞ。何をやってる」と中臣鎌足は爪を噛《か》んだ。「早くしろ」

失敗したら我々も命がないということが分からないのか。

計画通りに進まないことに不安を覚えたのか、蘇我倉山田石川麻呂の声が裏返り、上表文を持つ手がわなわなと震え始めた。あきらかに様子がおかしい。

「おーい。どうしたどうした」

蘇我入鹿が陽気な声で語りかけた。「何をそんなに震えてる」

倉山田石川麻呂は入鹿に向かって愛想笑いをした。

「なにしろ大王の面前ですから畏《おそ》れ多くて……」

彼の顔はドッと噴きだした汗に濡《ぬ》れて、水を浴びたように光っていた。

ふいに蘇我入鹿は笑うのを止め、「妙だな」と鋭い声で言った。その威圧的な声はがらんとした大極殿に大きく響いた。大王が怪訝《けげん》そうな顔をして入鹿の顔を見やり、古人皇子も不思議そうな顔をしている。入鹿は立ち上がると、あたりを舐《な》めるように見まわした。

緊張が高まり、中臣鎌足は大きく息を吸った。子麻呂と網田は何をやっているのだ。斬れ、早く斬れ。失敗するわけにはいかない。敵は残らず殺さねばならぬ。

中臣鎌足は立ち上がって呼びかけた。

「入鹿殿。いかがされましたか？」

「鎌足殿か。どうも様子がおかしいと思わないか」

「さて、何のことでしょう。私は何も感じませぬが……」

蘇我入鹿と中臣鎌足は睨《にら》み合った。

中大兄皇子が柱の蔭から飛びだしてきたのはそのときであった。彼の手には、蘇我氏一門を貫くべき長槍が握られている。しかし思いがけないことに、突撃してくる中大兄皇子を見た入鹿の顔には薄笑いが浮かんだ。それを見た鎌足は思わず「皇子！」と叫んだ。次の瞬間、中大兄皇子の長槍は入鹿の胸につきつけられていたが、入鹿が冠の下から掴みだした拳銃《けんじゅう》もまた皇子の頭を狙っていた。双方、冷たい目で相手を睨みつけたまま、たじろぐ様子はかけらもない。

「この俺が丸腰で歩くと思われますか、皇子」

「拳銃とは何事だ、入鹿。大王の御前だぞ」

「何を仰《おっしゃ》る、あなたこそ」

大王も居並ぶ貴族たちも茫然《ぼうぜん》として、あたりは凍りついたように静まり返った。

鎌足は思わず駆け寄ろうとした。

「鎌足、動くな！」

入鹿が鋭く叫んだ。銃口は中大兄皇子を狙ったままである。

「この謀反人め。お膳立《ぜんだ》てしたのはおまえだな」と入鹿は大声で言った。「何か企《たくら》んでいるだろうとは思ったが、まさか大王の面前で俺様を殺そうとするとはな。小心者のおまえにしては大胆ではないか。俺を殺し、要塞《ようさい》に籠《こ》もる親父を殺して、古人大兄皇子も殺すつもりか。中大兄皇子を擁立して、政界の中央に踊り出ようというわけだ。しかし残念だった。この賭《か》けはおまえの負けだ。これだけの大博打《ばくち》を打ったからには覚悟はできているだろう。いくら優秀でも、いくら野望が大きくとも、宿命にはあらがえぬと知れ！」

そう言うと、入鹿は高らかに笑った。

万事休す——鎌足が死を覚悟したそのときである。

大極殿の外から、兵たちの叫び声と爆音が聞こえてきた。大極殿に参集した貴族たちが、「なにごとか」とざわめきながら立ち上がる。入鹿が怪訝そうな顔をした瞬間、彼の背後にある大極殿の壁をぶち抜いて、一台の軍用ジープが飛びだしてきた。入鹿には悲鳴を上げる暇もなかった。彼は跳ね飛ばされて宙を舞い、反対側の壁に打ちつけられて倒れ臥《ふ》した。

中大兄皇子は危ういところで身をかわしていた。

「そういうことであったか」と皇子が呟《つぶや》くのを鎌足は聞いた。

ジープから降り立ったのはベトナム帰還兵ランボーであった。

○

ランボーは獣のような目で人々を睨んだ。

「おまえの任務はこれから始まる」

あの声を聞いたあと、気絶した蘇我蝦夷をあとに残して、ランボーは広間を抜けだした。警護の兵をひとり痛めつけて蘇我入鹿の居場所を聞き出すと、車庫から軍用ジープを奪って丘を駆け下り、降りしきる豪雨の中をマシンガンを乱射しながら一路、板葺宮を目指した。ロケットランチャーで兵たちを蹴散《けち》らして通門を突破し、そのまま大極殿に突入してきたのである。

「蘇我入鹿！」とランボーはライフル銃をかまえて叫んだ。

入鹿は頭から血を流しながら立ち上がった。

その場に居合わせた人々が見守る中、瀕死《ひんし》の入鹿は目に流れこんでくる血をぬぐい、よろよろとランボーに向かって歩きだした。喰《く》らいつくような目でランボーを睨んでいた。蘇我氏三代にわたる栄華がベトナム帰還兵ひとりの手によって崩壊しようとしている——それが信じられないのだ。その末期の目には、ランボーを守る四天王の姿がおぼろげに見えた。持国天、増長天、広目天、多聞天。父の恐れていたのはこれだったのかと彼はようやく気づいた。

上宮王家を滅ぼした報いがベトナム奥地からやってくるとは——。

「しかし、どうして俺なんだ。どうして……」

入鹿は最後の力を振り絞って拳銃をかまえた。その瞬間、ランボーは入鹿の心臓をライフル銃で撃ち抜いていた。背後に倒れた入鹿はすでに事切れていた。

降り続ける雨の音が響く中、不気味な沈黙がおりた。

貴族たちは茫然として言葉もなく、大王と古人大兄皇子は腰を抜かしている。中大兄皇子と鎌足はたがいの顔を見たあと、無言でランボーを見守った。

やがて立ち上がった大王が震える声で叫んだ。

「これはいったい何事ですか！」

すかさず中大兄皇子が前へ進んだ。その顔は落ち着きを取り戻している。

「申し上げます」と彼は言った。「入鹿は皇子たちを滅ぼして、自分が大王になる計画を進めておりました。そのランボーという男は、蘇我入鹿の恐るべき陰謀から国を救ったのであります」

すでに中大兄皇子はその場を掌握していた。

ランボーは憑《つ》きものの落ちたように立ちつくしている。

鎌足は斑鳩宮の跡地でランボーと出会ったときのことを思い出していた。やはりランボーと出会ったことは宿命であった。新しい時代が切り開かれる予兆だったのだ。身のうちからふつふつと喜びが湧き上がってきた。

嗚呼《ああ》、日出処の国よ！

この国のかたちを俺が決める時代が目と鼻の先にある。しかしまだ油断はできない。甘樫丘の要塞に立て籠もる蘇我蝦夷が、我が子を殺されて黙っているわけがない。まずは計画通り、すぐに中大兄皇子を法興寺へお連れして戦争の準備をしなければ――。

皇子のもとへ駆け寄ろうとして、ふと鎌足は立ち止まった。

皇子はランボーの肩を抱いていた。

この国を救ったベトナム帰還兵は、独り言のように呟いていた。

「戦争は終わっていない。戦争は終わっていないんだ」

「戦争は終わるさ」と中大兄皇子は言った。「俺が必ず終わらせる」

○

翌日甘樫丘の要塞が爆発炎上し、栄華を極めた蘇我一族は滅亡した。

その後、パリでベトナム和平協定が結ばれ、泥沼のベトナム戦争は終わりを告げた。

戦後、中大兄皇子と中臣鎌足らが主導した政治改革を一般に「大化の改新」と呼ぶ。

ベトナム戦争の闇の奥に顕現した上宮厩戸豊聡耳太子が、怒れるランボーを遣わしたことによって、日出処の国すなわち「日本」の幼年期は終わり、ここに律令国家の礎は築かれた。

上宮王家の怒りの化身となって律令国家日本の新時代を切り開いたランボー。

その後の彼の行方は誰も知らない。

ナラビアン・ナイト　奈良漬け商人と鬼との物語

八十歳を越えた老人が、生駒山《いこまやま》の山荘に暮らしていた。

「生駒の聖天《しょうてん》さん」として知られる宝山寺《ほうざんじ》から、ケーブルカーの線路に沿って十分ほど山道をのぼったところにその山荘はあった。敷地の外から見ると破《や》れ寺めいた風情だが、建物はまだ新しい。

山荘を訪ねた客が驚くのはその異国情緒であろう。敷き詰められているのはペルシア絨毯《じゅうたん》だし、もてなしに用いられる食器類も中東風で、白い髭《ひげ》を仙人のように伸ばした老人は幾何学模様のクッションに埋もれて水煙管《ぎせる》をぽこぽこ鳴らしている。

老人は宝山寺参道の旅館に生まれたが、子どもの頃から『千一夜物語』の世界に憧《あこが》れ、大人になると商社に勤めて中東諸国との貿易に携わり、やがて独立して自身の貿易会社を成功に導いた。今ではその会社は息子と孫に引き継がれている。引退した老人は故郷の生駒山に山荘をこしらえ、生涯にわたって集めた千一夜的グッズに囲まれ、悠々自適に暮らしていた。そこはまさに箱庭であった。宝山寺の境内を抜け、鬱蒼《うつそう》とした山道を歩いた先にあるのは、『千一夜物語』の世界なのである。

新緑の眩《まぶ》しい五月のこと、その山荘へひとりの女性が訪ねてきた。

「ようこそ、いらっしゃった」

老人は彼女を広々とした居間へ案内した。

その女性はまだ二十歳を過ぎたばかりと思える若々しさだった。それでいて、涼しげな切れ長の目には神秘的なきらめきがあって、それが彼女に年齢を超越したような神々しい雰囲気を与えていた。まるで奈良盆地にのぼる満月のように白い肌は、新緑の色を含んだ陽射しに美しく染まった。

「こんな山奥までお越しいただいて申し訳ない」

「いえ。これも仕事でございますから」

彼女の噂を聞いたのは、東京で暮らしている息子からであった。

社では都内の某大学に頼んで、研修の講師を派遣してもらっている。中東の歴史やイスラームについて、社員に正確な知識を身につけさせるためである。そして彼女は、その大学から新たに派遣されてきた講師であり、イスラーム哲学を学ぶ大学院生であった。毎年の習慣で自身も研修に顔を出した息子は、彼女の該博《がいはく》な知識に驚かされた。とはいえ彼女は研究者なのであるから、それだけならなんということはない。息子が本当に圧倒されたものというのは、彼女の「特技」であった。

彼女は『千一夜物語』をすべて諳《そら》んじており、しかもそれらの不思議な物語を、即興であらゆるかたちに変形して語ることができるのだった。たとえば日本昔話風『千一夜物語』、スペースオペラ風『千一夜物語』、西遊記風『千一夜物語』……といった案配である。それも何の準備もなく、その場で出されたお題に合わせて淀《よど》みなく語る。大学院の研究のかたわら、彼女は語り部としてさまざまなところへ招かれては、研究生活に必要な費用をまかなっているという。

「ぜひともうちの親父に会ってもらいたい。きっと喜ぶ」

彼女が山荘を訪ねてきたのは、語り部としての仕事の一環であった。

息子は「実に素晴らしい」と興奮していたが、はたしてどれほどのものだろう——と老人は思った。たしかに魅力的な雰囲気を持つ女性ではあるが……。

「せっかく奈良までお越しいただいたのだから」

老人は言った。「奈良風で語っていただけますかな」

「承知いたしました」

彼女は微笑んで頷《うなず》いてから、しばし虚空を睨《にら》んだ。深い沈黙の中、そのかたちのよい頭の中で、『千一夜物語』の頁をめくる音が聞こえるように思われた。

しかしそれも一瞬のことで、すぐに彼女はすらすらと語りだした。

「私の聞き及んだところでは——」

○

私の聞き及んだところでは、その昔、元興寺《がんごうじ》の界隈《かいわい》で奈良漬け屋を営むひとりの商人があった。先祖代々続く老舗《しにせ》で、県内にはいくつか支店も出し、おおいに商売繁盛していた。年齢は五十代の半ば、大きな病気もなく、立派な跡取りもいて、まずまず愉快に暮らしていた。

ある晩秋のこと、商人は商談のために奈良ホテルへ出かけた。

庭に面した豪奢《ごうしゃ》なバーでの商談を終えてホテルを出たのは夜の十時過ぎで、ただでさえ静かな奈良の町はゴーストタウンのように静まり返っていた。「ちと酔いをさまして帰ろうか」と思い、商人は奈良ホテルの裏門から出ると、餅飯殿《もちいどの》センター街へ向かって静かな裏町をぶらぶら歩いていった。そのあたりは不審《ふし》ヶ《が》辻子《ずし》町《ちょう》と呼ばれていて、かつて鬼が姿を見せたという伝説のある界隈である。

ところでその商人には、酔い覚ましには梅干しを食べねば気が済まないという妙な癖があった。酒席へ出かけるときには、自宅で漬けた小さな梅干しを必ず持っていく。その夜もまた、商人は梅干しを口の中で転がしていて、その種を何の気なしに道ばたに吐いた。そうして鼻歌を歌いながら歩きだしたときである。

「待ていッ！」という恐ろしい声がした。

次の瞬間、商人の目前にあらわれたのは恐ろしい鬼であった。

もじゃもじゃ頭が二階家の屋根に届くほどの背丈で、往年のアーノルド・シュワルツェネッガーがベイビーに見えるほど常軌を逸した筋骨隆々、腕一本が吉野《よしの》杉の丸太ほどもあって、貧弱な奈良漬け商人なんぞ指先で締め殺せそうであった。さすが現代の鬼だけに虎の毛皮のパンツではなく薄汚れたブリーフをはいているが、そのブリーフの妙な生々しさが問答無用の狂気じみた暴力性を際立たせていると言えなくもない。商人の視界は巨大なブリーフによって占められた。あまりの恐怖に縮み上がって、商人はブリーフ中央の生々しい盛り上がりを睨んだまま一言も発せなかった。

鬼は商人を睨みつけて唸《うな》るように言った。

「おまえは何ということをしてくれた！」

「……何かお気に障ることでもございましたか？」

「先ほどおまえは梅干しの種を吐いたな？」

商人の口中にじわりと不吉な塩《しょ》っぱさが湧いた。

「その種が飛んできて、我が息子の胸にあたったのだ」と鬼は言った。「息子はキュッと悲鳴を上げて息絶えてしまったぞ。嗚呼《ああ》、あの愛すべき小さなブリーフをはいた息子よ！　俺の胸は引き裂かれそうだ。なんということをしてくれた！」

商人は路上にひれ伏して許しを乞《こ》うたが、鬼は我が子を想って滝のような涙をアスファルトに落とし、ザリガニを煮詰めたような生臭い息を吐いて怒号した。

「おまえを八つ裂きにしてやる！」

「どうか！　どうか！　お待ちください！」

商人は必死で鬼のブリーフにすがった。

「私は長年奈良漬け屋を真面目に営んできた正直者でありまして、妻も子もある身の上でございます。なにとぞ少しばかりの猶予をくださいませ。いったん店に戻って商売の後始末をつけてから、必ずここへ戻って参ります。そのときは私を好きにしてください」

鬼は巨大な目でジロリと商人を見下ろした。

「本当に戻ってくるのだな？」

鬼は少し考えてから頷いた。

「よかろう。これから奈良漬け屋に戻って、子どもたちに別れを告げろ。おのれの悪行をたっぷり反省するがいい。しかし言っておくが――」

鬼は商人の襟首を指先でつまんで持ち上げた。

「この俺様との約束を破ろうなんぞと、万が一にも考えるでないぞ。そんなことになったら、奈良漬け屋に大石を投げこんで、おまえの大事な子どもたちを押し潰《つぶ》してやる。そう、我が子がおまえにやられたように――嗚呼、あの小さなブリーフをはいた俺の可愛い息子よ！」

そうして鬼は商人を解放し、暗がりに姿を消してしまった。

さて哀れな商人はすぐに奈良漬け屋に戻ると、眠りについていた家中の人間を叩《たた》き起こして、「奈良漬けビジネスの一切を長男に譲る」と宣言した。

その唐突な引退宣言に家族は度肝を抜かれた。「何もそんな急に」「まだまだ若いのだから」と説得にあたったが、鬼の呪いに怯《おび》える商人は聞く耳をもたない。その晩秋から大晦日《おおみそか》にかけて、彼はビジネスの整理のために奔走した。その変貌《へんぼう》ぶりには、取引先や親戚《しんせき》たちも首を傾げるばかりであった。

正月も明けた頃、奈良漬け屋本店の店先に薄汚れたブリーフが投げこまれた。ちょっとした絨毯《じゅうたん》のような大きさであり、しかも鼻がもげるほど臭かった。

これは鬼からの警告にちがいない、と商人は思った。

もはや観念すべき時であった。数日後の夜、商人はこっそりと家を出た。春日《かすが》大社に参拝してから、奈良ホテルのバーに立ち寄った。夜の庭を眺めながら人生最後の杯を傾け、夜も更けたところで奈良ホテルの裏門から出て裏町を歩いていった。冷たい夜気の中、薄暗い街角で自動販売機が明かりを点《とも》している。

自動販売機の傍《かたわ》らにしゃがんで鬼を待っていると、ひとりの老人が通りかかった。妙なことにその老人は一頭の牝鹿《めじか》を連れていた。老人は立ち止まった。

「失礼だが、こんなところで何をしておるのかな」

「なんということもありません。放っておいてくださいまし」

「このあたりは夜更けになると鬼が出る。気をつけなさるがよい」

「嗚呼、それをもっと早く知りたかったものです！」

商人がそう言って頭をかきむしると、老人は興味深そうに彼を眺めた。

「いったいどういうことかね」

問われるままに商人が自分の身に降りかかった災難について語ると、老人は「なんという物語であろう」と鹿の背を撫《な》でながら呟《つぶや》いた。

「もしその物語を針でもって瞼《まぶた》の内側に書いておいたならば、慎ましくものを考える人の反省の種ともなるであろうな」

「ですから、私はこうして鬼に命を取られるのを待っているのです」

「ひょっとすると儂《わし》が力になれるかもしれんぞ」

そんな老人が頼りになるとは思えなかったが、ひとりで鬼に喰《く》われるのを待つよりはマシである。商人はおおいに喜んで、傍らに老人を座らせた。老人が連れている牝鹿は、自動販売機の明かりの中におとなしく立っている。

そこへまたひとりの老人が通りかかった。赤い首輪をつけた可愛い柴犬《しばいぬ》を二匹連れていた。

「どうしてそんなところに座っておられるのか？」

商人はふたたび、自分の身に起こったことを語った。

「それなら儂もご一緒しよう」

そう言って、その老人もまた腰を下ろした。

しばらくすると、さらにまたひとりの老人が通りかかった。肩にのせているのは一匹の猿である。その老人も商人の話を聞いて同じように腰を下ろしたので、奈良漬け商人と、謎めいた三人の老人と、牝鹿と二匹の柴犬と一匹の猿が、一緒に鬼を待つことになった。商人が不思議に思ったことには、それらの動物たちはいずれもおとなしくて、ワンともキーとも言わないのである。

やがて裏町に強い風が吹き渡り、黒々とした大きな影が路上に現れた。

「約束通りにやってきたな！」

不審ヶ辻子の鬼はあいかわらずのブリーフ姿で、子象さえ一刀両断できそうな刀を持っていた。毛むくじゃらの腕を伸ばすと、商人をつまんで連れ去ろうとする。

「貴様が俺の子どもを、俺の生命のいぶきを、俺の心の炎を殺したように、俺も貴様を殺してやるぞ！」

もはやこれまで――と奈良漬け商人は涙を流した。

そのときである。

第一の老人が静かに進み出て、鬼の前にひれ伏した。

「おお、畏《おそ》るべき不審ヶ辻子の鬼よ。しばしお待ちになって、この鹿と私にまつわる驚くべき物語に耳を傾けてください。そして、もしも私の物語が面白ければ、どうかその褒美に、この奈良漬け商人の血の三分の一を免じてくださりませんか！」

「妙なことを言うやつめ」

鬼は目を細めて、老人と牝鹿を見た。しばし考えてニヤリと笑った。

「よかろう。もしおまえの物語を面白いと思ったなら、それに免じてこの愚かな商人の血の三分の一をおまえに遣わそう！」

かくして第一の老人は語り始めた。

○

じつを申しますと、この鹿は私の妻なのです。

もともと妻には底意地の悪いところがございました。若い頃にはそれでも可愛げがあったのですが、歳を取るにつれて貴重な可愛げも失われ、私につらい思いをさせるのでした。何かといえば乱暴な口をきき、時には殴る蹴《け》るをして騒ぎます。生駒山宝山寺の参道に店をかまえる魔術師のもとに出入りして腕を磨き、気にくわない隣人に呪いをかけたりするような始末。望んだ子ができなかったのも不幸なことでありました。妻が魔術に入れこんだのも、もとはといえばその悩みがきっかけなのです。

長年にわたって妻との不仲が続いた挙げ句、私はよその女性と関係を持ち、昇る月のように美しい男の子が生まれました。

その子は元気に育ちまして、やがて五歳になりました。私は近鉄奈良駅前の東向《ひがしむき》商店街で土産物屋を営んでおりまして、その子に店を継がせたいと願うようになりました。しかしながら、そんなことがどうしてできましょう。あの妻のことですから、凄《せい》惨《さん》な騒動が起こるにちがいないのです。

案の定、やがて隠し子の存在に気づいた妻は、恐ろしい計画を立てたのです。

先ほども申しましたように、妻には魔術の心得があります。私が商用で旅へ出かけた時を見はからって、妻は母子が暮らしている家を訪ねていくと、魔術で彼らを鹿の姿に変えて家から叩きだし、奈良公園の森の奥へ追いやったのでした。

旅から戻った私に向かって、妻は次のように言いました。

「あなたが旅行に出かけている間に、五歳ぐらいの男の子を連れた女の人がいらっしゃいましたよ。遠くへ引っ越して、もう二度と帰らないそうです。あなたに宜しく伝えてくださいとのことですわ」

妻は冷たい笑みを浮かべました。

「ねえ、あの女とはどういうご関係？」

これは何かとんでもないことをやったにちがいない——。

すぐに母子が暮らしていたところへ行きましたが、家はもぬけの殻でした。日が暮れるまで待っていても、二人は戻ってまいりません。近所の人に尋ねましても、夜更けにトラックが乗りつけて何やらガタガタやっていたということしか分からないのです。探偵を雇って行方を追わせましたがそれも無駄骨に終わりました。

それから一年ほど経った、ある春の日の朝のことでした。春日《かすが》大社まで散歩に出かけた帰り道、飛火《とびひ》野《の》を通りかかったとき、車道の方から「ドン！」という鈍い音が聞こえました。そちらを見ると、一台の乗用車が止まっていて、一頭の牝鹿が倒れておりました。見れば、その牝鹿の傍らに、あどけない子鹿が一頭立っているではありませんか。まことに痛ましい光景で、私は近づくこともできず、遠目に眺めているばかりでした。

そのとき、不思議なことが起こったのです。

その子鹿は私の姿を目にするや、ぴょんぴょんと駆けてまいりました。そして、しきりに何かを訴えるように、身体をすりよせてくるのです。頭を軽く撫でて歩き去ろうとしたのですが、子鹿は悲しげな声を上げながら追いすがってきます。その声は、まるで「お父さん、お父さん」と呼びかけてくるかのようです。一年前から行方知れずの息子の姿が脳裏に浮かび、たまらない気持ちになりました。

気がつくと私は子鹿を抱きしめ、今まで胸の内に秘めていた想いを語っておりました。どれほどあの母子を失ってつらい思いをしているか。どれほど会いたいと思っているか。子鹿はまるで私の言葉が理解できるかのように、おとなしく抱かれています。次第に感情が高まって、私は思わず涙しました。子鹿もまた私の涙にこたえるかのように、悲しげな声を上げるのでした。

　そのとき背後から声を掛けられました。

「どうかしましたか？」

　振り返ってみると、鹿愛護会の黒い法被を着た男が、怪訝《けげん》そうな顔をして立っています。私が子鹿をいじめていると思ったのかも知れません。

「いや、なんでもありません。あんまり可愛い鹿だから……」

　急に恥ずかしくなり、私は足早に立ち去りました。

　ところが興福寺《こうふくじ》の境内にさしかかったあたりで、先ほどの男が追いついてきて、

「旦那《だんな》！　旦那！」と呼びかけてくるのです。

「なんですか？」

「旦那には行方知れずになったお子さんがいらっしゃいませんか？」

「どうしてそれをご存じなんです？」

「やっぱり！　旦那がお喜びになるお知らせを持ってきたんですよ。何はともあれ、

これから一緒に飛火野へ戻ってください」

　歩きながら男が説明してくれたところによれば——。

　先ほど私が去るのと入れ違いに、春日大社へ参拝にきていたひとりの娘が通りかかりました。その娘は鹿愛護会の男の姪《めい》に当たり、年の頃二十歳、宝山寺参道の魔術師のもとでさまざまな術を学んだ優秀な人であるそうです。「おはよう！」と近づいてきた娘は、彼の傍らに立つ子鹿を見るや、ふいに口に手を当てて立ちつくし、やがて「可哀想に！」と叫んで泣きだしました。

「いったいどうした。何を泣いているんだ？」

「だってこの子鹿は人間なのよ。さっきまでこの子を抱いていたのがお父さんなの。自分の子どもだと気づかずに行ってしまったんだわ！」

　魔術に堪能《たんのう》な彼女は、その子鹿の正体を即座に見抜いたのです。

「嗚呼《ああ》、だとするとあの車に轢《ひ》かれた鹿は」

　私は絶望して呻《うめ》きました。あの牝《め》鹿《じか》は母親であったことになります。もう少し早く彼らの運命に気づいていれば、この悲劇をふせぐこともできたというのに。

「せめて息子だけでも救わねばならぬ」

　我々が飛火野に戻ると、娘は子鹿と一緒に待っていました。

「何と御礼を言っていいのか！」

　私は叫びました。「どうか息子を人間の姿に戻してください」

「もちろんそのつもりです。けれども、それにはひとつ条件があります。息子さんを鹿の姿に変えたあなたの奥様は、奈良県下でも有数のたいへん強い魔力をお持ちです。もし息子さんを人間の姿に戻すのであれば、その強い魔力をそのまま奥様へ跳ね返すことになります。何が起こるか保証はできませんが、よろしいですね？」

私が頷《うなず》きますと、娘は鞄《かばん》から小さな盥《たらい》を取りだして水をはり、まじないの言葉を唱えました。そして、その水を子鹿の身体に振りかけていきました。

「もし汝にして魔術にかかりてあるとせば、汝の初めのかたちに戻れ！」

たちまちのうちに子鹿の皮は剝《は》がれ落ち、息子の姿が現れました。

私は息子を抱きしめると、涙を流して謝りました。あの女性にも息子にも、なんというつらい思いをさせたことか。悔やんでも悔やみきれません。私は車にはねられて死んだ牝鹿を引き取ってねんごろに弔い、人間の姿に戻った息子を跡取りとして我が家へ迎えることにしました。

　我々が商店街の土産物屋へ戻ると、一頭の鹿がおりました。

息子にかけた強力な魔術を跳ね返された結果でありましょう、妻は自分自身が一頭の鹿になってしまったのです。

しばらくの間、私は妻だった鹿と一緒に暮らしておりましたが、やがて彼女は自分の姿を恥じるようになったのか、しばしば奈良公園の森へ出ていくようになり、そのうち帰らなくなりました。それでも私が飛火野へ様子を見に参りますと、必ず姿を見せてくれます。言葉を交わせるわけではないのですが、こうして家路の半ばまで、私を送ってきてくれるのです。

今宵もまたそのようにして妻を連れて歩いておりましたら、この奈良漬け商人と出会いまして、その身の上に起こった出来事を聞き、こうして座っていた次第でございます。

○

第一の老人が語り終えると、鬼は「うむ」と唸《うな》った。

「なかなか面白い物語だ。では褒美に約束の血の三分の一を取らせよう」

すると第二の老人が進み出て、鬼の足下にひれ伏した。

「では続きまして、私とこの二匹の柴犬との物語をお聞きください。先ほどの物語にも増して興味深い物語でございます。もしその物語が面白ければ、どうかその褒美に、この奈良漬け商人の血の三分の一を免じてくださりませ」

「よかろう、語るがいい」と鬼は言った。

第二の老人が語り始めた。

○

じつを申しますと、この二匹の柴犬は私の兄たちなのです。

我々の父親は三条《さんじょう》通りで居酒屋を営んでおりまして、私はその三番目の息子でした。父は亡くなる前に店を畳み、財産を我々三人の兄弟に等しく分けてくれました。その財産をもとに私は三条通りでカラオケ屋を始めましたが、兄たちは「東京で一旗あげる」と言って奈良を出ていきました。

それから三年、私の商売は順調でした。

ところが兄たちは商売に失敗して、一文無しになって帰ってきました。途方に暮れる兄たちを見捨てるわけにはまいりません。私は彼らを共同経営者として迎え、カラオケ屋経営の利益を仲良く分けることにしました。幸いなことにカラオケ屋は繁盛しておりましたので、三人で分けてもそこそこの利益になりました。

私はこれで慎ましく暮らしていけると満足していたのです。しかし兄たちにはいささか強欲なところがあり、その程度の儲《もう》けでは満足できないようでした。東京から逃げだしてきて三年も経つと、兄たちは事業欲を抑えきれなくなったのです。

「奈良では大きな商売ができない」

「せめて京都へ出ようじゃないか」

古い町屋を改装した多国籍料理店を開き、押し寄せる観光客を一網打尽に――それが兄たちの目論見《もくろみ》でありました。あれほど東京で痛い目を見たというのに、なにゆえそんな博打《ばくち》を打とうという気になるのか分かりません。連日の説得に私も押し切られて、ついに三条通りのカラオケ屋を畳んで京都へ行くことにしました。しかし全財産を投じるつもりにはなれませんので、一部は用心して残しておくことにしました。兄たちには不満だったようですが、その点だけは私も譲りませんでした。

かくして私たちは京都へ移り、新しい商売を始めました。

兄たちはかねて主張していたように飲食店を始め、私は丸太《まるた》町《まち》通沿いに小さなカフェを開くことにしました。しかし予想していたとおり、兄たちの店の経営状態は思わしくなく、次第に暗雲が垂れこめてきました。助言しようとしても、彼らは「いずれ風向きが変わる」の一点張りで、聞く耳を持とうとしないのです。一方で私の店はパフェやかき氷の評判が良く、雑誌などにも紹介されるようになって、順調に客足が伸びてまいりました。

そんなとき、私はひとりの女性に出会いました。

彼女は私の店で働く二十代半ばの女性でした。どうやら不幸な生い立ちらしく、身寄りもないということでした。はじめのうちは経営者と店員というだけの関係でしたが、とある出来事がきっかけで我々の距離は近づきました。

そのきっかけというのが一匹の不思議な猿なのです。

ある日の早朝、私が出勤しますと、彼女が店の前にしゃがんでいました。

「店長、これを見てください」

そう言って彼女が指さしたのは、プランターの蔭《かげ》にもぐりこんで眠っている一匹の猿でした。八瀬《やせ》の山奥ならばともかく、町中で猿を見かけることはありません。誰かのペットが逃げだしたのでしょうか。まさか店内に入れるわけにもいかないので、私は「放っておきなさい」と言いました。

そのうち姿を消すだろうと思っていたのですが、それから何日か過ぎても、猿は店のまわりをうろちょろしています。彼女がパンくずをやったりしているのを見て、厳しく注意したのですが、普段は真面目な彼女がその猿についてだけは頑として自分の意見を曲げません。

「どうしてもただの猿だとは思えないんです」

たしかに妙な猿でした。たいへん行儀がよく、決して悪さはしないのです。

けっきょく私はその猿をカフェの裏にある物干し場に置いてやることにしました。そこであれば店内に入られることもないし、お客の邪魔にもならないからです。半ば彼女の熱意に押し切られたようなものでした。

　彼女は熱心に猿の世話をしていました。その姿を見ていると、今まではただ仕事をきちんとこなす店員としか見ていなかった彼女のべつの顔を見る思いがしました。次第に私は彼女に心を惹《ひ》かれるようになり、猿の世話をしながら彼女とぽつぽつと話をするようになりました。それまで商売のことばかり考えていた私にとって初めてのことでした。仕事のあと、狭い物干し場で彼女と語らっていると、その猿はまるで私たちの言葉に聞き耳を立てているようにさえ見えました。

「店長、このお猿さんはきっと人間になりたいんですよ」

「いやいや。もう人間になったつもりでいるさ」

　その猿のおかげで我々は恋に落ち、やがて結婚の約束をしました。

ところが兄たちは、彼女に身寄りがないことを理由に、我々の結婚に反対したのです。兄たちは私が奈良を去るときに取り分けた財産に目をつけており、私が結婚などしようものなら、いよいよその財産が手に入らなくなると考えたのでしょう。また、彼女が美しい女性であったことが、彼らの嫉妬《しっと》をかきたてたのかもしれません。兄たちは兄たちで、私のカフェを訪ねてきたときに彼女の姿を見て、ひそかに思いを寄せていた風でもあるのです。

「もう兄さんたちとは兄弟でもなんでもない」

私は兄たちと絶交を宣言して家へ帰り、彼女に正式に結婚を申しこみました。

それから数ヶ月、私は妻といっしょに商売に精を出して、幸せに暮らしました。その日々のことは、今も我が生涯最良の日々として胸に残っております。

一つ気がかりだったのは、我々の縁を結んでくれた猿が姿を消してしまったことでした。

「あのお猿さんは、ようやく人間になれたのかもしれないわ」

妻がそんなことを言ったのを憶《おぼ》えております。

もう一つ気がかりだったのは、もちろん兄たちのことでした。経営は思わしくないようでした。次第に私は兄たちと絶交したことを後悔し始めました。何か困ったことがあれば相談にきて欲しいと思いながら、あんなひどいことを言った手前、こちらから連絡する勇気も出ず、悶々《もんもん》としていました。

　ところがある日、兄たち二人が唐突に私の店を訪ねてきました。

「これまでのことは許してくれ」

　彼らは深く頭を下げて、我々の結婚に反対したことを謝り、私の助言に耳を貸さなかったことを謝ってくれました。遅ればせながらおまえたちの結婚にお祝いを言いたいし、これからは素直におまえの言うことを聞く、というのです。「今までは意地を張っていたが、おまえはいつでも正しかった。ようやくそのことが分かった。もう一度、仲の良い兄弟に戻ってくれないか」

「仲直りのしるしに、みんなでどこかへ遊びに行こうじゃないか」

　その週末、我々は奈良の南にある大台ヶ《おおだいが》原《はら》へハイキングに出かけました。

　大台ヶ原は、かつて父が生きていた頃、我々兄弟を連れて行ってくれた思い出の場所です。近鉄吉野線の大和上市《やまとかみいち》駅からバスで二時間もかかる山の上ですが、その絶景は忘れがたいもので、父ありし日の大切な思い出でした。兄たちが仲直りの場所に大台ヶ原を選んだのも納得のいくことでした。そして兄たちの企《たくら》みに気づかぬまま、私は妻を連れて橿原《かしはら》神宮前行の近鉄特急に乗りこんだのです。

バス停のある大台ヶ原のビジターセンターから、我々は山を歩きだしました。日出《ひので》ヶ岳《がたけ》や大蛇嵓《だいじゃぐら》などの名所を四時間ほどでまわるコースです。初夏のことでしたが、標高の高い大台ヶ原の気温はまだ低く、まるで春の森のように感じられました。

大蛇嵓といいますのは、白っぽいごつごつとした岩肌が剝《む》き出しになっているところで、巨大な蛇が森から這《は》いでたような見た目から名付けられたのでしょう。大蛇の鼻先は断崖《だんがい》絶壁、眼下は深い谷になっています。子どもの頃、父と一緒にやってきたときは恐ろしくて、大蛇嵓の先端まで行くことなど到底できませんでした。当時、兄たちにからかわれて悔しく思ったものです。

我々が大蛇嵓に辿《たど》りついたとき、ほかの登山者の姿はありませんでした。

「どうだ？　あの先っぽまで行けるかい？」

兄たちはそう言って笑いました。

悔しくなった私は岩を這って、そろそろと岩場の先へ歩いていきました。あの頃のような子どもではないのです。私は立ち上がって両手を広げました。

「どうです、兄さんたち！」

ドンと背中を突き飛ばされて、天地が反転したのはそのときです。妻の悲鳴が遠くで聞こえ、あっという間に遠ざかっていきます。私は突き落とされたのでした。

しかし心は不思議に落ち着いていました。

「そういうことか。やられたな」

兄たちは入念に計画していたのでしょう。仲直りをするふりをして私を大台ヶ原に誘いだし、人目のないところで転落させる。警察が捜査したところで、不幸な事故ということで片がつきます。私を亡き者にしてしまえば、京都にある私のカフェも、奈良のカラオケ屋を畳むときに取り分けておいた財産も、すべて兄たちのものになるのです。しかし、そのためには妻が邪魔になります。そもそも兄が私を突き落とすところを目撃した妻が無事でいられるとは思えません。

「嗚呼《ああ》、可哀想なことをした！」

私は巻き添えにしてしまった妻を想って嘆きました。

そのとき、何か大きなものが飛んできて、私の身体を抱き上げました。見れば、恐ろしい赤ら顔で巨大な乳房をもった鬼女が、その毛深い腕で私の胴体を抱えているのです。まるで箒《ほうき》のようなボサボサ頭からは一本の角が生えており、ぎろぎろと動く目玉は林檎《りんご》ほどもあります。しかしその大きな目玉の奥底に優しい光があることに私は気づきました。なんということでしょう、その鬼女は私の妻だったのです！

妻は天高く舞い上がってから、大蛇嵓へ降り立ちました。

兄たちは腰を抜かして岩場にへたりこんでおります。無理もないでしょう。突き落としたはずの私が生きていたのみならず、清楚《せいそ》だった妻が恐ろしい鬼に姿を変えたのですから。兄たちは必死で命乞《いのちご》いを始めました。

妻の怒りの声が大台ヶ原の山々に響き渡りました。

「この姿を見るがいい――おまえたちのせいで台無しだ！　八つ裂きにしてやるぞ！」

私は妻の足にしがみつき、兄たちのために許しを乞いました。

妻は「何を言っているのです」と叫びました。「あなたを殺そうとした人たちですよ。人間の風上にもおけません。コマ切れ肉にして谷底へ捨ててやればいい！」

「それでも私の兄たちなんだ、せめて命だけは助けてやっておくれ」

妻は兄たちを睨《にら》みつけていましたが、やがてホッと息を吐きました。

「分かりました。そのかわり犬の姿で反省してもらいましょう」

そして妻は魔術をつかって、兄たちを二匹の柴犬に変えたのです。

そこで私は妻と別れることになりました。妻が鬼の姿をあらわしたのは、谷底へ落ちる私の命を救うためでした。しかし真の姿を見られたことは鬼の王との「契約違反」となり、今後二度と一緒に暮らすことはできないと妻は言うのです。

そんなことがどうして納得できましょうか。そもそも私は妻の素性を知らないで結婚したのですから……。

懸命に引き留めましたが、彼女の決意を翻させることはできませんでした。

妻が大峰山《おおみねさん》の方角へ飛び去ったあと、結婚前に彼女の言ったことが思いだされました。あの裏庭で猿と遊びながら妻は言ったものでした。

「このお猿さんはきっと人間になりたいんですよ」

私は何も分かっておりませんでした。

人間になりたかったのは妻だったのです。

その後、私は京都の私のカフェと兄たちの店を畳み、奈良へ戻ってまいりました。三条通りでふたたびカラオケ屋を営み、夜になると兄たちを連れて散歩に出かけます。

こうして静かな日々を送りながら、いつの日にか妻が戻ってきてくれるのを待っているのです。

○

第二の老人が語り終えると、鬼は「うむ」と唸《うな》った。

「これもまた面白い話だ。では褒美に約束の血の三分の一を取らせよう」

すると第三の老人が進み出て、鬼の足下にひれ伏した。

「では続きまして、私とこの猿との物語をお聞きください。これこそまことに驚くべき物語でありまして、他の皆さんの語られた物語を締めくくるものとなりましょう。もし私の物語が面白ければ、どうかその褒美に、この奈良漬け商人の血の三分の一を免じてくださいますよう！」

「語るがいい！」と鬼は言った。

そして第三の老人が語り始めた。

○

じつを申しますと、この猿は私の妻でございます。

かつて私は奈良市内の南都銀行に勤務しておりまして、妻とは職場の元同僚でございました。この物語の発端となる事件が起こったとき、我々の結婚生活は十五年にわたって続いておりました。そして世の中に掃いて捨てるほどいる馬鹿な男たちの中のひとりとして、自分の結婚生活は平凡ではあるが何の問題もないのだと私は思いこんでいたのです。

ある日のこと、予定していた出張が急遽《きゅうきょ》取りやめとなり、私は早めに帰宅しました。ところが玄関に見覚えのない男物の靴があります。

「はて、俺はこんな靴を買ったかな？」

そのとき二階から何やらパタパタと音がしました。その頃、妻は体型維持のための運動として、しばしば不思議な体操をしていることがありましたので、二階で妻が運動しているものと思いこみ、「驚かせてやろう」と私はこっそり階段を上がっていきました。そうして寝室へ入ってみたところ、ベッドにて妻が見知らぬ男とこれまたある種の「体操」に励んでいるところに出くわしたのであります。

そんなとき人間はとっさに怒りを覚えることもできず、とにかく茫然《ぼうぜん》とするものであります。ベッドの脇に立ってボーッとしている私は、さぞかし間抜けに見えたことでしょう。

妻は「体操」を中断して起き上がりました。

「あら、帰ったの」

彼女は枕元から小さな銅製の盥《たらい》のようなものを取ると、何かぶつぶつと盥に向かって呟《つぶや》くや否や、水をすくって私に浴びせかけました。

「汝《なんじ》の本来のかたちを出《い》でて、猿の姿となれ！」

妻がそう唱えるや、私は小さな猿の姿になってしまいました。そのときになって妻に魔術の心得があったことを思い出したのですが、もはや後の祭りであります。

それからというもの、私は檻《おり》に閉じこめられ、わずかな食べ物を与えられて細々と命をつなぐ羽目になりました。世間では謎の失踪《しっそう》を遂げたものとされているようでした。誰かに苦境を訴えようにも、口から出てくるのは「キッキッキ」という猿語ばかりです。かくも唐突に、仕事人としてのキャリアと愛する妻ばかりか、人間としての自分自身をさえ失って、どれほど私は絶望したことでありましょう。こうなればもはやヤケクソ、なんとかこの狭苦しい檻から逃げだして、一匹の気儘《きまま》な猿として、ワイルドにそして軽やかに生きてやろう。山の彼方《かなた》の猿山で可愛い雌猿と出会って子どもをぽこぽこ作り、血の掟《おきて》によって結ばれた猿軍団を結成して妻への復讐《ふくしゅう》を遂げてやろうと思い詰めたほどであります。

檻を抜け出したのは一ヶ月ほど経ってからのことでした。

妻のもとを逃げだすことはできましたが、奈良市内の町中では人目に立ちます。私は物陰にひそんで日が暮れるのを待ち、やがて寝静まった町を駆け抜けて、奈良公園の森へ逃げこんだのでした。

それから一年ほど、私は森で暮らしました。

どうやら猿としての暮らしに適性があったようで、意外に楽しんでおりました。銀行員生活によって失われかけていた何かを取り戻したようでもありました。春日大社のお供え物、近隣の飲食店や公園内の売店で出た残飯、観光客がくれるお菓子、鹿愛護会のおばさんたちが売っている鹿せんべい等など、奈良公園界隈《かいわい》に潜んでいれば、猿として生き延びるための食料には事欠きません。

今になっても忘れられないのは、鹿たちとの交流です。

ある日のこと、木の枝に腰掛けて鹿せんべいを囓《かじ》っていると、子鹿がぴょんぴょんと駆けてくるのが目に入りました。その子鹿を追って一匹の野犬が走っていくのが見えたとき、私はハッとして立ち上がりました。

当時は森に野犬がしばしば出没し、子鹿が喰《く》い殺されることもありました。私にとっても他人事《ひとごと》ではありません。木に登ってしまえばなんとかなるとはいえ、地面を歩いているところを野犬の群れに襲われたら一巻の終わりなのです。ですから私は、野犬たちの動きにはつねに細心の注意を払っていました。

私はあたりの気配をうかがいました。

群れの気配はない。一匹だけなら勝ち目はある。

私は枝から飛び降りると、太い枝を握って野犬の前に立ちはだかりました。野犬は私に向かって牙《きば》を剝《む》きましたが、私は無我夢中で相手を殴りつけて追い払ってしまいました。

戦いを終えて振り返ってみると、子鹿は木立の向こうでキョトンとした顔をしています。その傍らにはその母親らしい、美しい牝鹿《めじか》が立っております。

「キッキッキ（危ないところだったな！）」

私が声をかけますと、彼らはひょこひょこと頭を下げて感謝の意をあらわしました。

それから二週間ほども経った頃のことでしょうか、夕暮れに飛火野を横切っていた私は、うっかり野犬の群れに囲まれてしまいました。神社の御神酒《おみき》を盗み飲みしてホロ酔い気分だったため油断していたのです。夕闇の奥に白っぽい犬たちの姿が五匹、六匹と浮かんできたとき、私は死を覚悟しました。嗚呼《ああ》、私は人間としてこの世に生まれ、一時は南都銀行でそれなりの出世さえしたというのに、犬に喰われて終わるのか。

野犬たちは私を包囲して、じりじりと間合いをつめてきます。武器にするような木の枝もなく、登れそうな木もありません。私は精一杯歯を剝き出し、両手を振り上げて連中を威嚇しました。もはや我が命は風前の灯火《ともしび》でした。彼らが飛びかかってくれば、数秒でズタズタにされてしまうでしょう。

そこに現れたのが、森の王者のごとき貫禄《かんろく》の一頭の牡鹿《おじか》と、彼に率いられた鹿たちです。夕闇にすっくと立つ彼らの勇姿は、観光客に甘やかされてぶくぶく太った鹿たちの中に、かくもストイックに鍛えられた一団があったのかと驚異の念に打たれるほどであります。その頼もしい鹿たちの向こうに、あのとき野犬から救ってやった子鹿とその母鹿の姿が見えました。「そういうことか！」と私は飛び上がりました。屈強な鹿たちの群れを見て、さすがの野犬たちもひるんだようです。鹿たちが向かってくると、彼らは尻尾《しっぽ》を巻いて逃げだしました。

かくして私は鹿に命を救われたのです。

それからというもの、その鹿の母子と私は仲良くなりました。長く寒い夜には母子と身を寄せ合って過ごし、こうして仲良く暮らしていくのも悪くないなと思ったものです。しばらく一緒に過ごすうちに、私はその母子が普通の鹿とは違うことに気づきました。彼らの目には鹿らしくもない、何か「知性」としか呼びようのない輝きがありました。そして彼らもまた、私がただの猿ではないということを見抜いていたようです。

もはやお分かりでございましょう。

一番目の方の物語に登場した、鹿に姿を変えられた母子こそ、猿となった私の命を救ってくれた母子であったのです。

しかしながら幸せな時間にも終わりがやってきます。

ある日を境にして、あの母子は私の前から姿を消してしまったのです。

先ほどのお話を聞いて、その母子の身に起こった出来事を知ったわけですが、当時の私には知るよしもありません。それから一ヶ月ほど、私は母子の姿を求めて奈良公園をさまよいましたが、再会することはできませんでした。せっかく手に入れたと思った幸せな日々を失った私は捨て鉢になり、いっそ野犬に喰われてしまおうかと思ったものです。連中は執念深く私をつけ狙っていましたから。

「しかし私は人間なんだ。もとは南都銀行でそこそこ出世した男なんだ。猿としての幸せを失ったぐらいで何だ！　情けない！」

私は自分に言い聞かせ、なんとか立ち直ろうとしました。

奈良公園の森にひそんでいるばかりではいけない。暢気《のんき》な暮らしを捨てて旅に出て、自分を元の姿に戻してくれる人を探そう。

それから一年というもの、私はさまざまな場所を転々としました。行く先々で色々な人間と知り合い、時には何ヶ月も一緒に過ごすことがありました。危ない目に遭うことはほとんどありませんでした。人間というものは、賢くて行儀の良い猿に対して、そうそう残酷な振る舞いはしないものです。

自動車修理工場で飼われていたこともありますし、少年刑務所に出入りしていたこともあり、国道沿いのビデオショップで店番をしたこともあり、トラック運転手の助手席に乗って遠く九州まで出かけて戻ってきたこともあります。垂仁《すいにん》天皇陵にひそんで暮らしていたこともあります。捕まりかかったこともありますが、なにしろ相手はこちらを猿だと思ってナメてかかりますから、逃げだすのは簡単なことでした。

ただ一つ、気をつけねばならないのは妻でした。

妻は私が人間であることを知っています。彼女が何を考えているのか分かりませんが、私をあれだけひどい目に遭わせて、今さら人間の姿に戻してくれるとは思えません。もし見つかれば、命を取られないともかぎらないのです。

私の身に危険が迫ったのは、放浪の旅に出て一年後のことでした。

その頃、私は陸上自衛隊大久保《おおくぼ》駐屯地のそばにあるボーリング場で、「名誉支配人」という役職にありました。終業後に忍びこんでボールを転がして遊んでいたところを支配人に気に入られ、「玉吉《たまきち》」と名付けられると、そのボーリング場のマスコット的存在になったのです。元気にボールを磨いてまわる玉吉の姿は評判となり、雑誌やテレビで紹介もされたほどです。ボーリング場の売り上げも上々、支配人はいよいよ私を大切にする。たいへん居心地が良いのでした。

　そこへ妻が、あの浮気相手の男を連れて遊びに来たのです。どうやら彼女はメディアで紹介された話題のエテ公を見て、「こいつは夫だ」とピンと来たらしいのです。さすがに衆人環視の中ではどうすることもできないようでしたが、ジロリとこちらを睨《にら》んだその目は、明らかに私に勘づいたことを物語っていました。

　妻は支配人から私を譲り受けようとしたようですが、「名誉支配人」の称号まで与えて私を大事にしている彼が「ウン」と言うはずがありません。ついに妻は追い払われるようにして、連れの男と一緒にボーリング場を出ていきました。しかしこちらを睨んだ彼女の最後の一瞥《いちべつ》からして、潔く諦《あきら》めるとは思えませんでした。

　明け方にボーリング場の営業が終わると、支配人は戸締まりを済ませ、私を肩に乗せて駐車場へ出ていきました。まだ空は真っ暗です。そのとき、暗がりから飛びだした男が支配人に襲いかかりました。彼らは営業時間が終わるまで待ち伏せしていたのです。支配人と男は駐車場で揉《も》み合いになりました。

「何をする！」

「その猿をよこせ！」

「ふざけるなコノヤロウ！」

揉み合いながら二人は倒れ、私は駐車場へ投げだされました。

男は即座に立ち上がって、こちらに飛びかかろうとしますが、支配人が男の脚を抱いて路上に押し倒します。「逃げろ！　たまきち！」と支配人。

駐車場を走り始めた私の目前に、妻が立ちはだかります。

「あなた、会いたかったわ。大丈夫大丈夫」

かくも説得力のない猿撫《な》で声がありましょうか！　手を差し伸べる妻の目には明らかな殺意が燃えているのです。ここで捕まれば一巻の終わりであります。私は素直に歩み寄るふりをして妻を油断させてから、かがみこんだ彼女の顔に飛びかかって、めちゃめちゃにひっかいてやりました。「ぎゃーっ」と山姥《やまんば》のような悲鳴を上げる妻を尻目《しりめ》に、私はふたたび駆けだします。

駐車場の外には殺風景な国道があり、ちょうど信号待ちの軽トラックが止まっています。その荷台に這《は》い上がって振り返ると、顔をおさえて座りこんでいる妻が見えました。駆け寄ってきた浮気相手に、「ひっかかれた！　あのクソヤロウ、殺してやる！」と叫んでいます。そして男の手を借りて立ち上がった妻は、悪鬼の形相で振り返り、軽トラックの荷台にいる私を見つけました。

「あんなところにいる！」

彼らが駆けだすのと、信号が変わるのは同時でした。

走り出す軽トラの荷台から、私は「サイナラー」と手を振ったものです。

あんなに胆《きも》を冷やしたのは、奈良公園で野犬に囲まれた時以来のことでしょう。軽トラックはどこへ向かうのか分かりませんが、ともかく妻の手の届かない遠くの町まで行って欲しいものです。荷台に寝転んで明け方の夜空を眺めているうちに、私は眠ってしまいました。

目をさますと、あたりは白々と明るくなっておりました。軽トラが走っているのは鴨川《かもがわ》沿いの道路のようです。京都には人間であった頃に何度も来たことがありますから、自分がどこにいるのか、おおよその見当はつきました。丸太町橋の東詰で軽トラが止まりましたので、私はひょいと荷台から飛び降りて、ここまで運んでくれた軽トラックが北へ去っていくのを見送りました。

橋の欄干に座りこんで、身の行く末に思いを馳《は》せました。

しきりにあくびが出ました。軽トラックの荷台で軽く眠っただけですから、眠いのも道理というものです。それに腹も減っております。丸太町通をとぼとぼと辿《たど》り、やがて一軒のカフェの前で眠りこんでしまいました。結論から申しますと、私はそのカフェの居候となって、その後何ヶ月かを楽しく過ごすことになりました。カフェの美しい店員さんが私を拾い上げてくれたのです。

もうお分かりでございましょう。

二番目の方の物語に登場した妙な猿こそ、この私でありました。

先ほどのお話にもありましたように、カフェの裏にある物干し場が私の家になりました。その気になれば、このカフェの「名物」として客を呼ぶこともできたでしょうが、ボーリング場の一件で懲りていましたので、できるだけ目立たないように暮らしました。そんな私の楽しみはといえば、優しい店員さんと、どうやら彼女に心惹《こころひ》かれているらしい店長の仲を取り持つことでした。なにしろ客が呼べないのですから、それぐらいの恩返しはせねばと思っていたのです。これでも若い頃には縁結びの名人として、幾多のカップルを成立させた実績があります。もっとも、そんな本人は結婚生活に失敗して、その挙げ句に呪いをかけられて猿にされているのですから、あまり自慢できたものではありませんが……。

カフェに転がりこんで半年ほど経ってからのことです。

ある爽《さわ》やかな朝、あの店員さんが物干し場に姿を見せました。私が寝床から起きていくと、彼女はしゃがんで私の両手を取り、「せっせっせ」と動かしました。そうして照れくさそうに「お猿さん」と囁《ささや》くのです。

「私、店長に結婚を申しこまれちゃったのよ」

私は飛び上がって喜びました。頑張った甲斐《かい》があったというものです。

「それでね、あなたに御礼がしたいんです」

彼女は真剣な顔をして言いました。

「……あなた、人間なんでしょう？」

思いがけない言葉に、私はあっけにとられました。

「初めて会った日から、そうじゃないかなと思っていたの。これから元の姿に戻してあげるけど、あなた、きっと秘密にしてくれるわね？　これまで私は人間ではなかった、これから人間になるのです。もう魔力は二度と使わないつもりだったのだけど、せめてあなたを助けてからに……あらあら、泣かないで」

奈良の自宅を追い出されてから二年半、猿としての長い流浪の旅の末、ようやくここに人間社会への扉が開かれたのです。ぽろぽろと涙が目からこぼれました。

「約束ですよ。誰にも言わないでね」

私は涙を拭《ぬぐ》って大きく頷《うなず》きました。

「一つだけ言っておきますけど、あなたが元にもどったら、この呪いをかけた人は猿になってしまう。ひどい呪いだから、副作用が強いの」

私は「ぜんぜんオッケー」と両手で大きな○を作りました。

彼女は小さな皿に水を汲《く》んできて、何やら呪文《じゅもん》を唱えました。細い指先に水を取ると、私の頭や背中にぴしゃぴしゃと水を振りまきました。

「今のかたちを出《い》でて、汝《なんじ》の最初のかたちに戻れ！」

彼女が高らかに唱えるや、猿の皮は剝《は》がれ落ち、私は人間の姿に戻りました。

かくして冒険の日々は終わりを告げたのです。

○

「人間の姿に戻った私が奈良へ帰りますと、浮気相手だったあの男と、猿の姿になった妻がベッドにもぐっておりました。私は男をどやしつけてベッドから蹴《け》り落とし、ブリーフ一丁のまま路上へ叩《たた》きだしました。そして妻のほうは檻《おり》へ放りこみました。二年半も失踪《しっそう》した挙げ句に銀行に戻るわけにもいきませんので、それから私は妻にさまざまな藝《げい》をさせる猿まわしとして、生計を立てております」

第三の老人はそう言って、肩にのせている猿の頭を撫でた。

「この賢い相棒が、私の妻でございます」

その奇天烈《きてれつ》なる物語には、奈良漬け商人も、鹿を連れた老人も、柴犬を連れた老人も、感動のあまり言葉もなかった。

鬼はグッと前屈《まえかが》みになり、老人の肩の猿に話しかけた。

「それはすべて本当のことなのか？」

猿はキキッと声を出して大きく頷き、その目から大粒の涙をこぼした。

不審ヶ辻子の鬼は感嘆して身体を震わせた。

「これはまことに驚くべき物語であり、おまえが言った通り、他の者たちの語った物語を締めくくるものであった。その素晴らしい物語に免じて、この奈良漬け商人の血の三分の一をそなたにつかわそう！　そうなると、この商人の血はすべておまえたちのものとなるな」

不審ヶ辻子の鬼は奈良漬け商人をジロリと睨《にら》んだ。

「俺はこの商人を放してつかわす！」

○

物語が終わりかかる頃には、窓の外の日は傾いていた。

「暗くなってきましたな」と老人は言った。

窓から見下ろせる奈良盆地は夕闇に沈み始めて、遠くの若草山《わかくさやま》は霞《かす》んで見えた。老人は水煙管をぽくぽく鳴らしながら、硝子《ガラス》の傘のランプを点《とも》した。

「それでどうなりました？」

「その鬼は商人の命を助けて姿を消しました」と彼女は続けた。「奈良漬け商人はかろうじて命を救われたのです。三人の老人たちは口々に祝いの言葉を述べました。商人はたいへん喜んで、後日、その老人たちにできるかぎりの御礼をしたそうです。ここで気になるのは、老人たちの物語はいずれにも『厄介な妻』が登場することでございます。商人もそれが気になったようで、もともと妻を大切にする男でしたが、無事に家に帰ってからは、いっそう妻を大切にするようになったということです」

「奈良の夜は恐ろしい。鬼と出会ったときのために、語るにあたいする物語のひとつや二つ、懐中《かいちゅう》に忍ばせておくべきであろうな」

老人は呟《つぶや》いて彼女の顔を見た。

語り始める前よりも美しく見えた。

不思議な人だ――と老人は思った。

「まことに面白い話を聞かせてもらった。じつに素晴らしかったですよ」

「いえいえ、あなた」

ふいに彼女が妖艶《ようえん》な笑みを浮かべた。その頬は輝く満月のように白い。

「この物語よりも『猟師と鬼との物語』のほうが面白いのですよ」

「それはどんな物語かな」

「お聞きになります？」

「ぜひとも頼む」

「承知いたしました」

彼女は微笑んで頷いてから、しばし虚空を睨んだ。深い沈黙の中、そのかたちのよい頭の中で、『千一夜物語』の頁をめくる音が聞こえるように思われた。

しかしそれも一瞬のことで、すぐに彼女はすらすらと語りだした。

「私の聞き及んだところでは——」

○

ナラビアン・ナイト、ここに始まる。

満月と近鉄

若い頃、生駒山《いこまやま》の麓《ふもと》で仙人のような暮らしをしていたことがある。

十八歳の春から夏にかけてのことで、今から二十年近くも昔のことになる。

私が暮らしていたのは、近鉄生駒駅から「ぴっくり通り商店街」を抜け、宝山寺《ほうざんじ》の参道を五分ほどのぼった「蓬莱《ほうらい》荘」というアパートであった。大学受験を控えた浪人生という身分であったが、受験勉強をするつもりなどさらさらなかった。私はアパートに籠《こ》もって小説を書いていた。自分は小説家になるんだから大学へ行く必要なんてない——そう思いこんでいたのである。

今となっては、当時のことは何もかもが甘美な夢だったように感じられる。

生駒山の麓で私は四つの小説を書き、そのうえ恋に落ちたのである。

○

浪人生の身で家を出るのはそうカンタンなことではなかった。

　私の実家は奈良市内のそれなりに由緒のある畳店で、父は辣腕《らつわん》経営者であった。畳のみならず室内装飾全般を手がけ、商工会議所仲間に勇名を馳《は》せたお調子者であり、一時期は奈良テレビにおいて自身の出演するＣＭまで流していた。当然のごとく長男の私には畳店を継ぐことが期待され、古株の職人が私に対して敬語で接した。

　幼い頃から畳にまつわるイロハを叩《たた》きこまれ、テレビをつければ父親がＣＭソングに合わせて店名を連呼しながらマスコットキャラと踊っており、地元の小学校へ行けば同級生たちが忌まわしいＣＭソングを合唱するという環境にあって、家業への愛は雲散霧消した。ゆりかごから墓場まで畳が敷き詰められている――そう考えると暗澹《あんたん》たる気持ちになった。

　私は奈良市内にある国立の中高一貫校に通ったのだが、そこで同じクラスになった友人がなかなかの読書家だった。ここでは仮に長脛《ながすね》君と呼んでおく。その長脛君の薫陶をうけて、私もまた小説を読むようになり、やがて自分でも書くようになった。積もり積もった家業への反発もあって、小説にあれほど入れあげることになったのだろう。しかも長脛君はおだてるのが上手《うま》かった。

「ヒロぽん（＝当時の私のあだ名）は才能あるんちゃうか」

そう長脛君にそそのかされて、高校三年の夏、こっそり応募した小さな文学賞で一次選考を通過したのが仇《あだ》となった。「小説家まであと一歩だ」と思いこんだのである。

そんなことばかりしていたのだから受験に失敗したのも当然であろう。

「かまわん、かまわん。また来年頑張ればええやろ」

落第の夜、父はそんなことを言って未成年の私に酒をすすめた。

前野《まえの》畳店社長たる父はなんの焦りも感じなかったのであろう。商売もうまくいっており、自身も精力が有り余ってアブラ光りするぐらいの働き盛りである。多少モタついたところで私が大学を出て家業を継いでくれれば結果オーライ、その人生街道には前野畳店謹製の畳が敷き詰めてある。一年や二年の遅れがなんであろう。父は陽気に笑い、落第息子の背中を拳固《げんこ》で叩いた。

しかし私は宣言したのである。

——俺は小説家になる、大学には行かない、家業も継がない、と。

それは落第の夜に最もふさわしくない宣言だった。当然のことながら大混乱となった。父は拳固をふりまわし、母は泣いて止めに入り、私は鼻血を出しながら「小説家になる」と喚《わめ》く。どこからあんな根性が湧いてきたのかサッパリ分からぬ。

　悪鬼のごとく怒り狂う父に追われて、私は夜更けのやすらぎの道を逃げまわった。父親の怒号は奈良県警を呼び寄せる羽目になった。

○

　波乱の一夜が明けても私の決意は微塵《みじん》も揺るがず、それから数週間、我が家には暗雲が垂れこめていた。社長たる父は怒りに我を忘れ、専務たる母は泣き続け、跡継ぎたる息子は「小説家になる」と言い続けているのだから、前野畳店存亡の危機である。社員たちも一丸となって対策を練った。

　事態をおさめたのは古株の職人、ゲンさんであった。祖父の代から勤めている畳職人で、さすがの父もゲンさんの言うことを無下にはできなかったらしい。

　これは一時的な熱病みたいなものであろう、とゲンさんは言った。こういうときハンパなことをやっては禍根を残すことになるから、毒気は早めに抜いておくのがいい。とりあえず半年と期限を決めて、坊ちゃんの好きにやらせてみたらどうか。もし坊ちやんが仰《おっしゃ》るように天才であるなら、玄人《くろうと》筋に認められるようなものが書けるだろう。もし書けないのなら坊ちゃんもサッパリ思い切るべきで、人生は諦《あきら》めが肝心である。ところで聞いたところでは小説家というのはひとりきりで机に向かうたいへん孤独な商売だという。この家で三食昼寝つきでヌクヌクやっていたんでは真剣勝負になるまい。この際、坊ちゃんも家を出てみるといい。小説家という仕事のつらさが身に染みてよく分かるだろう。幸い、俺の叔母《おば》が生駒山の麓でアパートを経営していて、その一室が空いているらしいのだが——。

それが宝山寺参道下の「蓬萊荘」であったわけである。

奈良盆地の山々が新緑に膨れる四月の下旬、私は奈良市内の自宅を出た。

今でも、近鉄電車に乗って生駒へ向かった日の胸の高鳴りを思い出す。

まだ私は十八歳の若さで、人生の仕組みは単純明快であった。自分は天才である。したがって頭角を現す。ゆえに文学賞をもらう。しかるのち本が売れる。そうなれば金が手に入る。これこそ曇りのない論理だと思っていた。何よりもまず必要なのは金であった。それは自分の天才を天下に証明するものであり、畳に覆われた世界から脱出する唯一無二の手段だった。ベストセラーを連発して稼ぎに稼ぎ、高畑町《たかばたけちょう》の志賀直《しがなお》哉《や》旧居の隣にイヤミな豪邸を建ててくれよう。

志賀先生を崇《あが》める時代は終わった——奈良に新進作家「前野弘道《ひろみち》」あり。

これからは俺の時代だと、私は本気で思っていた。

○

蓬莱荘はなかなかのおんぼろアパートだったが、それはかえって私を喜ばせた。いずれ名を揚げると確信している意《い》気《き》軒昂《けんこう》な若者にとって、そのような逆境はむしろ御《ご》馳《ち》走《そう》といえる。へなへなの畳が敷かれた六畳一間は、アポロ11号が着陸した月世界のように何もなかった。ただ実家から運ばせた布団と卓袱《ちゃぶ》台《だい》だけが月着陸船のように置かれていた。「いずれここから俺は飛び立つ」と思った。

その夜、さっそく私は公衆電話から長脛君に電話した。

「おう、そっちはどうしてる?」

「いやあ。そんな面白くもないな、大学なんて」

長脛君はそんなことを言った。

この長脛君という不《ふ》甲《が》斐《い》ない男は私の小説熱を煽《あお》るだけ煽っておきながら、落第した私を尻目《しりめ》に自分はちゃっかりと京都の大学へ進学していた。よりにもよって奈良を押しのけて「日本の古都」の地位をほしいままにする京都を選ぶとは――。それだけでも奈良人たる私には気に入らないのだが、「そんな面白くもないな、大学なんて」という彼の口ぶりがいよいよ気に入らなかった。その口調には隠しきれないヨロコビが滲《にじ》み出ているではないか。しかも電話の向こうの彼の下宿には友人たちが集まっているらしく、「長脛くーん」という甘い女子の囁《ささや》きさえ聞こえてくる。宝山寺参道下の公衆電話ボックスの中にいる自分と、華やかな京都の夜を満喫している長脛君との間には、月と地球ほどの距離があると感じられた。

私が小説を書くために家を出たことを伝えると、長脛君は「まじか」と電話の向こうで絶句した。期待していたような反応ではない。彼はただ困惑し、呆《あき》れているようであった。

「それでこれからどうするん？」

「小説書くよ。半年以内に結果を出す」

「……まあ、頑張ってや。ちょっと今忙しいから、また暇なときに行けたら行くわ」

長脛君はそんな曖昧《あいまい》なことを言って電話を切った。

葉桜に覆われた暗い参道をアパートへ引き返しながら、私は長脛君の態度に腹を立てていた。なんという友達甲斐のないやつだろう。もっと励ましてくれたっていいではないか。まだ大学へ行って一ヶ月も経たないというのに、長脛君は早々と堕落し始めているな、と私は考えた。あんなやつは放っておこう。いずれ俺が名を揚げたときには長脛君も地団駄踏んで悔しがるだろう。そのときには後の祭りである。俺はあらゆる誘惑を退け、月世界最初の人間のようにストイックに書き続けてやろう。

それから毎日、私は卓袱台に大学ノートを広げて、ぐりぐりと書いた。

当時はワープロもパソコンも持っていないから、生駒駅前の文具店でまとめ買いしてきた一冊三十円の大学ノートだけが頼りである。それは構想ノートであり日記帳であり原稿そのものであった。さすがにそんな生活をずっと続けていると、「これは体力勝負だ」ということが次第に分かってきた。ゲンさんが言ったように孤独もつらいが、そもそも体力がなければ字も書けない。

では、当時の私はどんな小説を書いていたのか。

正直なところ、その作品について詳細に語ることは苦痛である。それはまさに青い作品であった。みずみずしいなら救いもあるがそうではなかった。当時は一九九〇年代の後半にあたり、社会的事件なり、世に流通している作品なり、何か病的な雰囲気があったのかもしれない。本来、私は単純素朴な奈良人であって病的なところはカケラもない。にもかかわらず私は「小説とは病的なものである」と思いこみ、セッセと病的なものを書いていた。

その青臭い小説の中では、思春期の若者たちが憂いに沈んで「世界の終わり」のような風景の中を歩きまわり、薄っぺらい悩みを大袈裟《おおげさ》な口調で吹聴《ふいちょう》し、知りもしない「人生」や「社会」について非凡な意見を述べようとして七転八倒した挙げ句、決まって平凡なことを言う。

そんな小説をひとりアパートに籠《こ》もって書いていればどうなるか、二つの可能性が考えられよう。一つはその病的な雰囲気に飲まれて本当に病気になってしまうこと。もう一つは自身の健康なものが徹底して反発するがゆえに机に向かい続けることに耐えられず、外へ飛びだしてしまうことである。私が選んだのは後者だった。

そもそも本当に病的な小説を書くような人間が、「小説で一発当てて大金を稼ぎ、志賀直哉旧居の隣にイヤミな豪邸を建てる」などという俗物根性丸出しの野望を抱くはずがない。前野畳店の近代化という偉業を成し遂げて自らCMにまで出演した父の生命力が私にも脈々と流れていたのだと今では分かるが、当時の私は自分の「健康さ」を憎らしく思っていた。

私は精神的にも肉体的にも健康そのものだったのである。

○

当時の私の生活は、「それなりに」ストイックであった。

当然ながら父からの金銭的援助は期待できず、幼稚園時代から貯めていた貯金を切り崩して生活することになる。半年はぎりぎりのラインだった。しかもゲンさんの叔母だという大家はなんらサービスしてくれず、敷金も家賃もきっちり取られた。その一部がゲンさんの懐に流れたものと推測される。収入も仕送りもないわけだから切り詰めなければならぬ。母に持ってきてもらった炊飯器で私はセッセと米を炊き、ぶつ切りにしたネギの味噌《みそ》汁《しる》と生卵で食いつなぐことにした。

しかし所詮《しょせん》十八歳の若者であるから、一皮剥《む》けばおんぶにだっこである。実際のところ、一週間に一度か二度は母が通ってきた。その際は必ずタッパーに入った手作りの料理がおみやげだった。ショウガで煮込んだレバーの煮物、塩こしょうで味付けした鶏団子のスープ、鯵《あじ》の南蛮漬け、ホウレンソウと油揚げのおひたし……。今にして思えば「どこがストイックやねん」と言いたくもなる。しかも母が来るたびに荒物屋で買った生活用品が持ち込まれ、室内の環境はみるみる充実していった。ストイックであったのは私の「心がまえ」のみであり、その心がまえは母の気遣いに支えられていたのである。

いつも私は母を生駒駅前の商店街まで送っていった。

「あんまり根をつめてやりすぎたらあかんよ。ちゃんとごはん食べや」

母はそんなことをぽつぽつ言って、近鉄電車に乗って帰っていった。

おそらく母は父に内緒で通っているのであろうと思われた。私に小説が書けるとは思っていないはずだが、「しかし万が一」を期待しているようなところもある。それが父との根本的なちがいである。父は「そんなことは万に一つもない」と断定していた。母は私が世間で立派に通用する人間になることを望んでいたものの、その形式は問わないらしかった。畳屋を継いでくれる方がずっと望ましいが、しかし「万が一」があるならそれはそれでアリ、と言いたげな雰囲気を匂わせていた。

母を駅まで送ったあとは、いつも淋《さび》しい気持ちになった。

「はたして俺は万が一の事態を起こせるのだろうか」

毎日、早朝と午後に宝山寺の参道をのぼった。小説を書くには体力が必要であるし、良い気分転換にもなる。何らかの御利益にあずかれるのではないかという下心もあった。宝山寺ご本尊の不動明王についても、守り神たる生駒聖天《しょうてん》についても、私はまったく無知であったが、御利益だけは期待した。じつに勝手なものだが、その図々《ずうずう》しい願いは「完膚なきまでに」叶《かな》えられた。

生駒聖天の御利益は、ひとりの女性の姿をとって舞い降りたのである。

○

それは五月の中旬、ある平日の午後であった。

いつも通り、私は長い参道を伝って生駒山の中腹にある宝山寺へ向かった。アパート「蓬莱荘」を出て石段を十五分ものぼっていくと、参道の両側に料理旅館や土産物屋があらわれる。平日の昼下がりなどは参道の石畳に人の影ひとつないことがあって、そんなときはまるで異世界に迷いこんだような気がしたものだ。「観光生駒」の派手な看板から右手に折れれば近鉄生駒ケーブルの宝山寺駅があり、折れずにそのままのぼっていくと宝山寺の門に辿《たど》りつく。

毎日の散歩コースは基本的に決まっていて、宝山寺の境内でご本尊の不動明王と生駒聖天にお参りしたあと、多宝塔の前を通って奥の院まで行って引き返すことにしていた。多宝塔から奥の院へ通じる道は立派な杉の森を抜けていく一本道で、両側にはびっしりとお地蔵様がならんでいた。そこを通るときには自然と厳粛な気持ちになり、足音を忍ばせて歩いたものである。その小道は奈良盆地から吹き寄せる風の通り道になっているらしく、お地蔵様の持つ風車がいつでもクルクルと回っていた。

その日も私は奥の院まで行き、その小道を引き返してきた。

黙々と歩きながら、蓬莱荘で待つ未完成の小説のことを考えていた。

「どうしたものか、どうしたものか」

みずみずしかった生駒山の新緑もやがて濁ってくる。大言壮語して畳店を飛びだしてから、もう一ヶ月が経つ。残り五ヶ月で結果を出さねば畳地獄へ逆戻りであるにもかかわらず、どうにも自信がなくなってきた。家を出るときには鼻から垂れるほどあった自信はどこへ消えたか。つまり私もようやく、創作家を蝕《むしば》む「自己懐疑の念」に追いつかれたのであった。書いている作品を仕上げる他に進むべき道はないが、しかし目前の作品が傑作になるとは到底思えない。

「どうしたものか、どうしたものか」

私は前屈《まえかが》みになって、ぶつぶつ呟《つぶや》きながら歩いていたらしい。

そのとき、頭上から「ケーッ」という凄《すさ》まじい声が降ってきた。ギョッとして私は首をすくめた。見上げると大杉の枝にとまった鳥が鳴いている。あたりを見まわしてみたが、お地蔵様の行列が続くばかりで、私の他には誰もいない。その鳥は私を威嚇しているらしい。大杉の梢《こずえ》で「ケーッ」「ケーッ」と鳴き喚《わめ》いている大鳥はまるで天《てん》狗《ぐ》の化身のように感じられた。

「分かった、分かった。もう行くから！」

私は万歳をする格好で足を速めたが、鳥は杉から杉へ飛び移りつつ、まるで私を追い立てるようにする。やがてその鳴き声が「書けえ！　書けえ！」と聞こえてきた。

たまらなくなって私は駆けだした。

そのとき小道の向こうからひとりの女性が歩いてくるのが見えた。

「危ないですよ、鳥が――」と私は叫んだ。

それから起こったのはじつに不思議な出来事だった。

彼女はタッと地面を蹴《け》って、私をかばうように仁王立ちすると、ケーッと喚く鳥に向かって右腕をつきだし、宙に浮かんだ見えない餅《もち》をこねまわすような仕草をした。半袖《はんそで》から伸びた細い腕が木漏れ日を浴びて白く光っていた。

「けろんじゃくめっ！」

という澄んだ声があたりに響いた。

ばさばさという羽音が遠ざかって、気がつくと鳥の姿は消えていた。どんな魔法を使ったんだろうと私は思った。しばらく唖然《あぜん》としたあと、ようやく我に返って頭を下げた。「ありがとうございます」

「どういたしまして」

彼女はそう言って振り返った。

木漏れ日の中に笑顔があった。

○

参道をくだって「蓬萊荘」へ帰ってからも、その笑顔が頭をはなれなかった。

ここで思いだしていただきたいのは、当時の私は若い血潮ではちきれんばかりの十八歳であり、ひとりきりでアパートに籠《こ》もって青臭い小説を書くという悶々《もんもん》たる境遇にあったということである。奥の院へ向かう小道で木漏れ日の中に浮かんでいた彼女の顔は、まさに落雷のように私の心を打った。だからといって、とっさに気の利いたことが言える度胸も経験もない。まごまごしているうちに、彼女は「岩谷《いわや》の滝」という立て札のある脇道に入ってスタスタと歩いていった。

その夜は生駒山の麓《ふもと》で眠れぬ夜を過ごした。

目をつむると木漏れ日の中の顔が浮かんできた。

できるだけ記憶に刻みこもうと思い、私はその輪郭を繰り返しなぞった。かっちりとした美人ではなくて、どこか危ういところでバランスを取っているような感じなのが思い描きにくく、それがたまらなく心をそそった。たとえられるような芸能人もいない、他の誰にも似ていない、唯一無二の顔だった。汗に濡《ぬ》れた髪がぴょんとはねていた。ずいぶん歳上のようでもあり、一方で少女のようでもあった。若い人間には歳上の人間の年齢は見当がつきにくいものだ。

彼女こそが運命の人なのではないかと私は思った。それなのに私はだらしなく彼女を見送っただけで、どこの誰なのかも知らない。

もう二度と会えないのだろうか。

すでに大失恋でも経験したような気持ちになっていた。

○

次の日の午後、私はふたたび宝山寺へのぼった。

無駄とは思いながらも境内に彼女の姿を探してキョロキョロしていた。

いつものように奥の院へ向かう小道を辿《たど》っていき、昨日彼女が歩いていった脇道にさしかかった。ためしにそこを折れてみることにした。

しばらく歩くと杉の森が途切れて眩《まぶ》しい光が射し、近鉄生駒ケーブルの軌道が山の斜面に煌《きら》めいた。軌道沿いに階段状の無人駅があり、「梅屋《うめや》敷《しき》駅」という駅名標がある。そこからは眼下に奈良盆地が一望でき、遠く若草山まで見渡せた。生駒山上へ向かう軌道の先は陽炎《かげろう》に揺れていて、まるで映画『スタンド・バイ・ミー』のようである。本当にその上に遊園地があるのか疑わしくなるほど、あたりはひっそりと静まり返っていた。

しばらく私は駅に座りこみ、鶯《うぐいす》の声に耳を澄ましていた。

梅屋敷駅の裏手から階段を降りると、狭い道が民家の間を抜けていく。そこを歩いていくと、どこからか水の流れ落ちる音が聞こえてきた。

「岩谷の滝か」と私は思った。

岩谷というだけあって、その滝は岩を切り裂いたような暗い谷の奥にある。

木造の休憩所の脇をすり抜けて谷間に入っていくと、線香の匂いを含んだ冷たい空気が頬を撫《な》でた。あちこちから水の滴り落ちる音が聞こえて、しっとりと濡れた岩の壁はやわらかそうな苔《こけ》におおわれている。なんだか不気味なところだなと思いながらつきあたりまで行くと、高いところから一筋の水が落ちて、足下の岩を打っていた。滝行をする場所らしかった。

「こんなところで修行すれば俺も小説を書けるようになるかなあ」

そんなことを思ったりもした。

「スティックさが足らんからなあ」

しばらくぼんやりしてから引き返して無料休憩所に入ってみた。木造の古い家で畳が敷かれてあり、隅には座布団が積んである。八角形の柱時計がコッコッ鳴っていた。誰もいないと思って靴を脱いで勝手に上がりこんだ私は、ふいに窓辺に人影があることに気づいた。入り口からは死角になって見えなかったのである。その人影を見たとたん、何者かに金槌《かなづち》でぶったたかれたように胸が鳴った。

言うまでもなく、そこに座っていたのは昨日の女性だった。

私がぎくしゃくしながら畳にあぐらをかくと、彼女はこちらをチラリと見たが、すぐに手元のサイコロみたいに分厚い文庫本に目を戻した。私のことは覚えていないのだろう。少しがっかりした。しかし彼女が読書にふけっているおかげでその魅力ある横顔を観察することができた。

なんとか声をかけたいと思うのだが、どうやって切り出したものか分からない。

「さあ今だ」と何度も自分を励ましているのに、まるで石仏になったかのように身動きがとれない。

ふいに彼女が本から顔を上げて、こちらを見た。

「今日はカラスにいじめられへんかったの？」

私は驚いて相手の顔を見返した。

「……いじめられてません」やっとのことで言った。

「あのカラスは意地悪やからね。負けたらあかんよ」

そして彼女は文庫本に目を戻した。なんとか会話を続けねばならぬ。

「あれは何かの呪文《じゅもん》ですか？」

「呪文って何？」と彼女は文庫本に目を落としたまま言う。

「昨日、カラスに向かって言うてたでしょう、けろんけろんとか」

「ああ、あれか。あはは。けろんけろんって何やそれ、カエルちゃうんやから」

彼女が顔を上げて笑ったので嬉《うれ》しかった。

「そうやなくて『けろんじゃくめつ』。でもこれ、べつにカラスを追っ払う呪文ってわけやないからね。とりあえず適当に思いついたこと言っただけ」

「そうですか。呪文やったら教えてもらおうと思ったんやけど」

「そんなにカラスが怖いの？」

「怖いわけやないけど……いや、怖いかな」

「大事なのは気合いやで。うちが一番偉いんやっていう気合いあるのみ」

彼女の声はじつに心地よく耳に響くのであった。

そのときの私は人生最大のコミュニケーション能力を発揮していた。一ヶ月にわたる籠城《ろうじょう》生活で人恋しさが募っていたこともあるし、彼女が話しやすい人間であったためでもあろう。何を読んでるのかと私が訊《き》くと彼女は文庫本の表紙を見せた。『聊斎《りょうさい》志異《しい》』という本だった。受験勉強中の若者のところへ美人の女がやってきていちゃいちゃするのだが、その美人は決まって幽霊か狐である。ようするにそういう話ばっかりだという。「こんなん読んでたら阿呆《あほ》になるで」と彼女はけらけら笑った。

「あんた高校生か？　なんで平日にうろちょろしてるん？」

自分は浪人生の身の上だが、小説家になろうと決めたので生駒山の麓のアパートで小説を書いているのだ――ついぺらぺらと喋《しゃべ》ってしまった。彼女に向かって喋りながら、自分の阿呆さをあらためて突きつけられるような気がした。父は怒り母は泣き長脛君は呆《あき》れていた。それも当然のことにちがいないとションボリしてきたが、彼女の「そんなら頑張らんといかんね」という一言で元気が出た。十八歳の男子というものは回復力だけが取り柄である。

「こんなところうろちょろしててええの？」

「それは運動のためです。ずっと机に向かってても頭がしんどくなるから」

「なるほどなー。めりはりが大事やもんね」

「めりはりです、めりはり」

「つまり私らはうろちょろ仲間やね」

彼女はそう言うとサッと立ち上がった。

ふわりと良い香りがした。

「執筆、頑張ってや。また会うかもしれへん」

彼女はそう言って休憩所を出ると、ケーブル駅の方へ歩いていった。

私はしばらく呆然《ぼうぜん》としていた。

なんというエロス！　と胸中で呟《つぶや》いた。

それぐらいしか言えることがなかったのである。

「私らはうろちょろ仲間やね」という台詞《せりふ》は旱天《かんてん》の慈雨《じう》のように私の心を潤した。

「私ら」という複数形に漂う連帯感のなんという優しさ。「うろちょろ仲間」という言葉のなんというセンス。そして「やね」という関西弁の語尾はなんと可愛らしく響くことであろう。しかも「また会うかもしれへん」とは……これは奇跡である。

私は彼女が先ほどまで座っていた畳にソッと手を置いてみた。彼女の尻《しり》の温かみが残っていた。この畳を今すぐ剝《は》がしてアパートまで持って帰りたいという誘惑を必死でおさえた。

「ありがたや」思わず腹の底から声が出た。「ありがたやー」

そうして畳表から消えゆく温《ぬく》もりを惜しんでいるとき、ふいに彼女の名前さえ聞いていないことに思い至った。昨日あれほど後悔していたというのに、なんという失態であろうか。彼女の発散するエロスに圧倒されて重大任務を忘れていた。「生駒山うろちょろ党」同志と認められたからと言って、明日以降も必ず会えるとはかぎらないではないか、この間抜けめ！

私は慌てて立ち上がり、彼女を追って飛びだした。

岩谷の滝から小道を駆けて梅屋敷駅まで戻ってみたが、どこにも彼女の姿はない。どうやら途中で脇道にそれたらしいと思って引き返した。

生駒山上へ向かう山道を一本見つけたが、少し踏みこんでみて私は躊躇《ちゅうちょ》した。木々の枝が覆いかぶさり、足下は丈の高い草が生い茂って、とても人が通う道には見えないのである。しかし彼女が休憩所を出てすぐに追いかけたのだから、やはりこの道しかあり得ない。そう考えて私はおそるおそるのぼっていった。鬱蒼《うつそう》とした暗い木立に日が射しこんで、ところどころで新緑が燃えていた。ちらちらと飛び散った絵具のように咲いているのは山躑躅《つつじ》である。

やがて山道の右手に草におおわれた石垣のようなものが現れ、行く手には重厚な石の門の残骸《ざんがい》が見えた。表札はない。その向こうはいっそう暗い森である。

こんなところに彼女が住んでいるわけがない——と私は落胆した。

そのとき、門前に巨大な蛇が横たわっていることに気づいた。

私はキャッと飛びすさって尻餅《しりもち》をついた。それは今まで見たこともないほど大きな蛇だった。なにしろ町中で育った人間であるから、蛇などというイキモノには馴染《なじ》みがない。ミミズでさえ気持ちが悪いのである。

腰が抜けたようになっている私の目の前で、蛇は小馬鹿にするように悠々と身をくねらせ、石の門の向こう側の暗い木立の奥へ消えてしまった。

そこから先へ進む気にはなれなかった。

○

それから一ヶ月、私は少しずつ彼女と親しくなっていった。

彼女は決まって午後に岩谷の滝に姿を見せるようだった。そこへさりげなく（本当はさりげなくないが）通りかかって話しかけるのである。日々の積み重ねがものを言う——と思っていた。

そのうち山道や宝山寺の参道で出会っても気軽に散歩をともにできるようになった。生駒山うろちょろ党としての絆《きずな》は深まった。この人はどうして平日の昼間から生駒山をうろちょろしているのだろうと不思議ではあった。だからといって彼女の魅力が減じるわけではないが。

彼女の姓は「佐伯《さえき》さん」と言った。名は分からない。

世間話を重ねるうちに、彼女がぶらぶらしている理由もぼんやりと分かってきた。

大学を出てから何年か大阪で働いていたというから、二十代半ばぐらいだったのだろう。実家は東大寺のそばで、奈良公園の鹿たちに囲まれて育ったという。一時期はつねに鹿せんべいを懐に持ち歩いて鹿をからかっていたそうだ。「あいつら阿呆ですからね」と私が言うと彼女は賛成した。

大学を卒業してからは、その家から近鉄奈良線で大阪の職場まで通勤していたが、ある日突然、電車に乗れなくなってしまった。神経症のようなものか、それともただ仕事に嫌気がさしたということなのか、ハッキリしたことは分からない。それをきっかけに佐伯さんは仕事を辞めて、親戚《しんせき》が生駒山に持っている山荘の番人を引き受けた。しばらく山ごもりをすることに決めたらしい。

「本もたくさんあるしね。いろいろ勉強しようと思って」

その山荘は梅屋敷駅から山道をのぼったところにあるという。「壊れた石の門があるとこですか？」と訊くと、「そうそう、あそこの奥」と佐伯さんは言った。

「あんなところに家があるんですか？」

「外から見たら廃墟《はいきょ》みたいやけど、中はそこまでひどくないよ」

「こないだ蛇がいましたよ」

「それ、アオダイショウやろ。それぐらいおるよ」

あそこには祖父の作った図書室があるのだ、と彼女は得意そうに言った。

実際、休憩所で見かけるとき、佐伯さんはいつも何か本を持っていた。それは『聊斎志異』から変わって、『千一夜物語』であったり、『今昔物語』であったり、『竹取物語』であったりした。当時の私にはそういった古い物語類を小馬鹿にしているようなところがあったが、佐伯さんと親しくなりたいばかりに、彼女がそれらの物語類について語るのに真剣に耳を傾けるようになった。イイカゲンに聞き流していることがバレると佐伯さんが怒るからでもある。

佐伯さんの博覧強記ぶりは驚くべきものであった。これまでに読んだ物語類を諳《そら》んじていて、すらすらと語ることができた。岩谷の滝の休憩所で、あるいは宝山寺の境内を歩きながら、彼女が『千一夜物語』を語るとき、その頭の中で頁のめくれていく音が聞こえるような気がした。

「前野君の書いてるのも読ませてや」

「あんなの読んだらお腹こわしますわ」

「なんやそれ」

「まだ佐伯さんに読んでもらえるレベルとちがうんです」

「そんなの読んでみないと分からんでしょ」

しかし私はのらりくらりと拒み続けた。あの小説を佐伯さんに読まれることを考えるとゾッとした。彼女は必ず手厳しいことを言うだろう。ただでさえ崩壊の一途を辿《たど》っている私の自尊心は粉々に打ち砕かれるであろう。私はカタストロフをできるだけ先に延ばしたいと思っていた。彼女に読ませないかぎり、私は「ひょっとしたら才能あるやつ」という立場を確保できる。

佐伯さんと生駒山をうろちょろしているだけで私は幸せであった。

うかうかしているうちに季節は移ろい、やがて初夏の陽気がむんむんと生駒山に立ちこめるようになった。朝晩はまだ涼しいが、昼下がりに宝山寺の参道をのぼっていくと、奥の院に辿《たど》りつく頃には汗だくになって、ドッと木々を揺らす山の風が心地よかった。

その頃、蓬萊荘に差し入れを持ってきた母がこう言った。

「小説がうまくいってるんやね」

「なんで？」

「このごろ顔が明るいわ」

しかし母の言葉は私の心を重くするばかりだった。実際のところ小説は進んでいなかった。一日の大半はノートに向かって呻吟《しんぎん》しているのだが、どうしても想像が膨らまないのである。目前に佐伯さんという喜びの源泉があるのに、なにゆえ病的で世紀末的な青臭い物語を書かねばならないのか。佐伯さんと親しくなるほど進行中の作品は冴《さ》えないものに見えてくる。だからといって他に何を書けばよいのだろうか。私は進むべき方角を見失いつつあった。

母には佐伯さんのことはもちろん黙っていた。

「俺、小説書くかわりに恋してるんだ」

などと口が裂けても言えない。

一度だけ、佐伯さんと生駒山上遊園地へ行った。

それは六月の頭の蒸し暑い日だった。つづら折りの山道を延々とのぼるうちに二人とも汗だくになってしまった。昼下がりの遊園地は閑散として、色濃い影を引きずりながら歩きまわっていると哀しい夢を見ているようであった。二人とも金がなかったから、ゲームセンターでエアホッケーをして遊んだだけで、あとは食堂へ行ってメロンソーダを飲んだ。

食堂のテラスからは大阪側の風景が一望することができた。奈良盆地の風景とはまったくちがってビルや工場がびっしりと眼下を埋め尽くしている。難波《なんば》を中心としたビル街の向こうには大阪湾が銀色に煌《きら》めき、彼方《かなた》には神戸《こうべ》の街や淡路《あわじ》島《しま》がボンヤリと霞《かす》んで見えた。

「まこと夢のような味がする」

佐伯さんはメロンソーダを飲みながら言った。

先ほど「生駒山をうろちょろしているだけで私は幸せであった」と書いた。

しかしそれは嘘である！　偽善である！　でたらめである！

生駒山上へ向かう山道を汗を流して歩く彼女の姿はじつに悩ましいものだった。当然ながら佐伯さんは薄着だった。それは私の苦悩と幸福の種だった。薄い服は身体にぴったりとくっついて、むきだしの腕は濡《ぬ》れて光っていた。ついに遊園地へ到着して「あっー」と汗を拭《ぬぐ》う彼女の姿を見て、これはもう裸も同然やないかと私は感激に震えたのである。その映像を脳裏に焼きつけて、私は生駒山の麓《ふもと》へ帰っていった。その映像をいかに活用したかということは説明を省きたい。

佐伯さんはどういうつもりなのだろう。何かの拍子に私が油断していると、彼女はスウッと近づいてきた。ああそうか、彼女も俺を憎からず思っているのだな、と私は思う。しかし手を伸ばしてみると彼女は一歩退《ひ》いていて、「あなたのことなんて何とも思ってない」という顔つきでこちらを見ている。分かったと思えば分からなくなり、分からないと思えば分かったような気がしてくる。振り子のように揺れ続ける思いは私の意志を鈍らせて行動を封じてしまったのである。

執筆中の作品はにっちもさっちも行かなくなり、燃え上がる恋心はむなしく空転する。行き場を失った十八歳の欲望だけが、蓬莱荘で人知れず暴発を繰り返していた。

ひょっとして彼女は生駒聖天の御利益などではなく、大魔王が私の才能の開花を阻止するために送りこんだ刺客ではないか。このまま私は甘美な破滅を迎えるのであろうか。彼女の美脚に蹴《け》り落とされるようにして畳地獄へ逆戻りするのであろうか。

六月中旬、参道には紫陽花《あじさい》が咲き、梅雨《つゆ》入りした生駒山は雨に煙った。

私はいよいよ身動きが取れなくなっていた。

小説も恋も手詰まりであった。

その膠着《こうちゃく》状態を打ち破ったのが長脛君の来訪だった。

○

「行けたら行くわ」という人間が本当に来ることは基本的にない。

これは人生の真理だと思っていたので、長脛君が蓬莱荘を訪ねてきたときには驚いた。彼は意外に友達甲斐《ともだちがい》のある人物であったのかもしれない。

「なかなかええところやね。うちの下宿より広いわ」

長脛君は私の部屋を見まわして呟《つぶや》いた。

「で、小説は進んでるんか？」

「……ちょっと自信がなくなって止まってる」

私はそう言って大学ノートを見せた。

そこでふと思ったのは、そもそも私に才能があると励ましたのは、この高校時代の友人であったということである。もし長脛君がこの小説を読んで「面白い」と言ってくれれば、失われた自信が戻ってくるかもしれない。途中までしか書いてないけど読んでくれないかと頼むと、長脛君は「ええよ」と頷《うなず》いた。

その小説は大学ノート二冊にびっしりと書かれていて、薄い文庫本一冊に匹敵する分量があったので、彼が読み終えるまでには時間がかかった。その間、私はそわそわしながら窓の外の濡れた桜の木を見たり、湯を沸かして茶を淹《い》れたりしていた。長脛君は卓袱《ちゃぶ》台《だい》に広げた大学ノートを一頁一頁めくりながら、少しずつ前のめりになっていくようであった。

読み終えると彼は「ふう」と大きく溜息《ためいき》をついた。

「面白いやないか。なんで自信なくすの」

「ほんまに面白いと思うか？」

「ほんまに面白い。悔しいぐらい面白い」

長脛君はふて腐れたように黙りこんだ。その顔は私の自尊心を満足させた。

　彼が本当に悔しかったということは、そのあと彼が急に大学生活の自慢話を始めたことからも分かった。恋に部活動に勉強に忙しいのである。自分も大長編を書いてやろうと目論《もくろ》んでいるが、なかなか時間が取れないのである。そんな彼の言い草も私の才能への嫉妬《しっと》ゆえだろうと思い、はじめは私もおとなしく耳を傾けていたが、やがて彼が「やっぱり広い経験が大事や」と言いだしたのでムッとした。暗黙のうちに、生駒山の麓で仙人のような暮らしをしている私よりも、京都という魔都に魂を売って女の子と遊びほうけている長脛君の方が将来のために有効な布石を打っているのだと言いたいのだろう。これには私も黙っていられなかった。

「俺の暮らしは小説だけやないよ」

「どういう意味や」

「生駒山の上の方に仲の良い人がおるねん」

「まさか女か？」長脛君は愕然《がくぜん》とした。「女なんか？」

「まあな。面白い人やで」

　つい佐伯さんのことを自慢するような口ぶりになってしまったのは、長脛君の京都自慢に対抗したいという愚かな考えからだった。当然のことながら長脛君はその女性を見てみたいと言いだした。いやらしい奴やな、と思いながらも私は嬉《うれ》しかった。あの歳上の美女と親しく語り合っているところを長脛君に見せつけて、歯ぎしりさせてやりたいと思った。

　時計を見ると午後二時をまわったところだった。佐伯さんは山荘での勉強を終えて、岩谷の滝で気分転換している頃だろう。

「そんなら今からのぼってみようか。もしかしたら会えるかもしれん」

　私はふと思いついて大学ノートのうちの一冊を鞄《かばん》に入れた。長脛君に褒められて良い気になって、急に佐伯さんに読ませる気になったのである。蓬莱荘を出て宝山寺の参道をのぼりながら、「前から佐伯さんに『読ませて』って言われてるんや」と私は長脛君に自慢した。「佐伯さんっていうんか」と彼は呟いた。羨《うらや》ましそうであった。

　宝山寺はひっそりとして、森は雨に打たれてさらさらと音を立てていた。人気《ひとけ》のない境内を抜け、ケーブルカーの軌道を渡って梅屋敷駅のホームに立った。

　若草山が灰色の靄《もや》の向こうに浮かんでいた。

「すごい眺めやな。こんなところがあるって知らんかった」

　長脛君が無人駅のホームに立ち、傘を持ち上げて溜息をついた。

　民家の間を抜ける小道を伝って岩谷の滝に着いたとき、佐伯さんはじめじめした休憩所の畳に座って本を読んでいた。硝子《ガラス》窓から射す白い光に照らされて、その顔は水に沈んだように青白く染まっていた。土間で長脛君と私が靴を脱いでいると、彼女は本から顔を上げてこちらを見た。その目つきに私は不吉なものを感じた。何かたいへんなことが起こりそうな気がした。

　そんな私の不安とは裏腹に長脛君は弾むゴム鞠《まり》のようにはしゃいでいた。

「佐伯さんですか、僕は長脛と言いまして、前野君とは高校時代の友達です。今は京都にいて大学に通ってるんですけど、久しぶりに前野君と会いたいと思って来たら、彼が山の上にすごく魅力的な人がいるから紹介してやろうというのでお邪魔しまして……」

　長脛君はぺらぺら喋《しゃべ》った。

「ああ、そうですか」と佐伯さんは凄《すさ》まじい愛想のなさだった。

　そのうち長脛君も、いくら打っても響かない佐伯さんに困惑したらしい。私の方をちらちらと見た。何か言わなければならないと思うが、佐伯さんの冷たい顔つきを見ると、喉《のど》が詰まったようになる。やがて沈黙に耐えかねた長脛君が、「あれ渡さへんの、あれ、小説、ほら」と私を肘《ひじ》でつついた。おまえ空気読めや！　と怒りに駆られた。

「あれはやめとくわ」と私は囁《ささや》いた。「あれはあかん」

すかさず佐伯さんは無言で手を差し出した。

「持ってきたんか？」

「いちおう持ってきました」

「読ませてや」

いやも応もない。私は大学ノートを献上するほかなかった。

佐伯さんは読むのが速いので、まるで機械的に頁をめくっているようにしか見えない。畳に広げた大学ノートを彼女が一心にめくっていくのを待つのはつらい時間だった。滝のような雨が屋根を叩《たた》き続ける音と、濡《ぬ》れた谷間の奥で滝の落ちる音が混じり合っていく。まるで世界が水に浸されたようで、空気は冬のように冷たかった。「えらい寒いなあ」と長脛君が心細そうに呟いた。

やがて読み終わった佐伯さんが顔を上げた。

「こんなもんか」

と彼女は言った。

「あんたが書いてるのはこんなもんか」

そして彼女は大学ノートを両手で摑《つか》んで真っ二つに裂いた。長脛君は真っ青だった。私の顔も真っ青だったろう。あまりの迫力に身動きもとれなかった。

「がっかりやわ」

「……すいません。才能がなくて」

「才能があるかどうか知らんけど私は楽しみにしてるんやで。でも前野君は口ばっかりで、ぜんぜん真剣にならへんな。いつまで待てばええのかな。前野君はオトモダチに自慢するために私と仲良くしてるんか？」

「まことに申し訳ございませぬ」

私が平伏すると、なぜか長脛君まで「ごめんなさい」と平伏した。

「全部やり直しやな。遊んでる暇ないわ」

それはまるで裁判の判決のように聞こえた。

やがて佐伯さんが立ち上がって、雨の中を出ていく音がした。

長脛君と私は、降り続ける雨の中、とぼとぼ参道をくだっていった。

「怖い人やな」と長脛君が神妙な声で言った。「ヒロぽんもたいへんやな」

濡れて青々と光る桜の葉におおわれて石段は薄暗かった。参道脇の紫陽花《あじさい》がぼんやりと光っているように感じられた。あまりにも情けなくて涙が出そうだった。長脛君に悪意はなかったろう。彼はあの小説を本当に面白いと思っていたのだろう。しかし私自身はあれではいけないということが分かっていた。それなのにうかうかと佐伯さんのところへ持っていった。すべて私の責任だった。

石段を歩きながら、長脛君もションボリとしていた。

「ヒロぽんも京都に遊びに来てや。おいしいラーメン屋もあるし」

そう言って長脛君は帰っていった。

○

六月中旬から八月の終わりにかけて、私は小説の鬼と化した。

今にして思えば、すべて長脛君のおかげであった。佐伯さんがあの大学ノートを破ったとき、それまで私を縛っていたモヤモヤした何かが破られたのであろう。

長脛君が帰っていったあと、私は蓬莱荘の一室でひとり膝《ひざ》を抱えながら、世界の底にひとりぼっちでいるような感じを味わった。

そのとき佐伯さんの、

「全部やり直しやな」

という声が天からのお告げのように降ってきた。

「つまりやり直せばそれでいいっていうことやな」

そんなふうに私は解釈した。

「いくらでもやり直してやろう。あきらめへんぞ」

もはや佐伯さんに甘えることは許されない。そういうわけで彼女と会うことをおのれに禁じ、もやもやと広がっていく妄想を机上のノートだけに集中した。一本の短編が書き上がったときだけ、佐伯さんのところへ持っていくことに決めた。

それからは密度の濃い日々が始まった。

その日々を貫いているのは「やり直し」という彼女の厳然たる声であった。

岩谷の滝の休憩所まで書き上げた小説を持っていくと、佐伯さんはその場で読み、「やり直し」と宣言するのであった。ノートを破り捨てるようなことはなかったが、なかなか認めてはくれなかった。判決がくだされると私は引き下がり、蓬莱荘へ戻ってぜんぜん違うものを書き始める。世界の底から浮かび上がろうとしているのだから、いちいち落ちこむ理由もないわけであった。

へこたれずに次を書き上げて持っていくと、佐伯さんは嬉《うれ》しそうにした。

「前野君、本気になってきたな」

「今に見てなさい」

「ええことや。でも書いてるもんは相変わらずダメダメやな」

畳に片手をつき、硝子窓の明かりのもとで彼女は大学ノートをめくった。

その姿が次第に神々しいものに見えてきた。

彼女はアドバイスすることなく読み続けるばかりだったので、私は頁をめくっていくときの彼女の顔を観察することにした。凄まじい勢いで文字を読むから一瞬の勝負になる。しかし辛抱強く観察していくと、彼女の心の変化が顔を通りすぎていくことが分かってきた。彼女の眉《まゆ》の動き、目の動き、鼻の動き、口の動きに、さまざまなものが表れる。私はそれを手がかりとした。何頁目において彼女はどんな表情をするか。それを頭に刻んでおき、蓬莱荘に戻ってからその意味を考える。そして新たに蓬莱荘で書いた短編を握りしめて宝山寺の参道をのぼっていくのだ。

私が猛烈に机に向かうようになって、心配したのは母であった。自分では分からなかったが、思い詰めたような顔つきになっていたらしい。

「大丈夫かいな」

「大丈夫やって。今、ええところなんやから」

ところが、母の心配の種はもう一つあった。

それは大家であるゲンさんの叔母《おば》のお節介な密告であった。

大家さん曰《いわ》く——坊ちゃんはしばしば蓬莱荘を出て、宝山寺の方へのぼっていく。

運動のためかと思われたが、どうやら生駒山の中腹で素性の知れない女とお会いになっているようである。これには確かな目撃談がある。あの真面目な坊ちゃんにかぎって、まさか不純な交遊をしているとも思えないが、お家の大事な跡取りに万一のことがあってはたいへんである。私は責任のある立場であるゆえ、こうして奥様にお知らせする次第である云々《うんぬん》。

「ほんまのことなんか？」と母は言った。

ここで白々しい嘘をつけば事態がこじれるのは明らかだった。今ゆっくりと自分の小説が一皮剝《む》けつつあるところで、両親からの介入は絶対に避けたかった。たしかに会っている人はいるが、それは友人であって何一つ不純なことはない、と私は断言した。彼女はたいへんな読書家であるため、小説を書くにあたってさまざまなアドバイスをもらっているのであると説明した。

おそらく母から連絡がいったのだろう、その頃に一度だけ父を見かけた。

夕方に蓬莱荘を出て駅前商店街のほうへ歩いていくと、南都銀行生駒支店元町出張所前のベンチに父が座っているのを見た。派手な柄シャツを着てサングラスをかけていた。心配になって様子を見にくるつもりが、なんとなく照れくさくてアパートに顔を出せないのだろう。私が近づいていって声をかけると父は驚いたふりをして、時計屋に来たとか何とか妙な言い訳をした。

「まだ頑張るんか？」

「これからがいいところなんや」

「そうか。おまえも阿呆やな」

そんな捨て台詞《ぜりふ》を残し、父は近鉄に乗って帰っていった。

七月半ば、佐伯さんが「やり直し」宣告した短編は十篇に達した。

佐伯さんに小説を読んでもらうために汗だくになって参道をのぼり下りするたび、心身に今まで感じたことのない力が漲《みなぎ》ってくるようであった。

それは佐伯さんという存在によって吹きこまれた力であった。彼女こそ小説の秘密を知る人間なのだと私は思った。彼女に面白がってもらいたいという一念に、私は己の若さゆえの体力、僅《わず》かな才能、漲る性欲、あらゆる夢と希望を賭《か》けたのである。

そして七月の終わり、十二篇目の短編を読ませたとき、佐伯さんは読み終えてから「うふふ」と満足そうに微笑んだ。

涼しい山風がザッと胸の内を通り抜けて、心の奥底にある深い森がざわめいたように感じられた。そのとき吹いた涼しい風が、つまらないこだわりや、思いこみや、見栄や、病的なもの、助平なものを、残らず吹き飛ばしたようである。女神の微笑のために書けばいいと心底思えるなら、小説とは単純明快なものではないか。

佐伯さんも嬉しそうに見えた。

「これもダメやな。やり直し」

「次こそは頑張ります」

「頑張るのはいいけど、ちゃんと寝るんやで。ごはんも食べてや」

佐伯さんは急に優しい声で言った。

ずいぶん久しぶりにそんな声を聞いた気がした。

○

それから一ヶ月の間に私は四作の短編を書いた。

それは前野弘道一世一代の「奇跡の一ヶ月」であった。

ついに俺は開眼したのだという確信のもとに猛烈な勢いで書き続けた。

いずれの作品も奈良が舞台であり、いずれも佐伯さんが「合格」と認めた。次々とアイデアが湧き、妄想は燃え広がり、文章はすらすらと流れていく。自分でも信じられないような気がした。

窓を開け放して机に向かっていると涼しい山の風が通り抜けて、商店街の荒物屋で母が買ってきた風鈴を鳴らした。聞こえるものといえばその風鈴の音と、アパートの裏手の雑木林から聞こえる蝉の声ぐらいである。八月に入ると空は青々と晴れ渡って、奈良盆地の山の向こうに入道雲がわき上がった。絞った手《て》拭《ぬぐ》いを裸の肩にかけて書くうちに、いくつもの入道雲が現れては崩れていった。

時間が謎めいた流れ方をしているように感じられた。一時間が丸一日のように感じられることもあれば、気がつけば夕暮れが迫っていることもあった。小説の時間と現実の時間があちこちで入り乱れ、ときに融合していたからであろう。小説の中で、私は中学生の頃に戻って奈良公園をうろついていたり、飛鳥時代の大化の改新に居合わせたり、あるいは鬼と魔法が支配するアラビア風の奈良の世界で冒険を味わった。小説ではあらゆることが可能であった。

あの夏ほど書くのが楽しかった日々はない。

十八歳の夏は窓の外を静かに通りすぎていった。

○

四作目の小説「満月と近鉄」を書き上げた日のことをはっきりと覚えている。

参道にかぶさる並木の日陰にはツクツクボウシの声が降って、いかにも「夏休みの終わり」を思わせる日だった。奈良盆地は暑さに眠りこんだように見えたし、宝山寺門前の旅館街も夢で迷いこんだ街路のように森閑としていた。門前町を熱い風が吹き抜けていく。鳥居のところで振り返ると、眼下の街並みの彼方《かなた》に天に向かって聳《そび》え立つ雲が見えた。

線香の匂いに充《み》ちた宝山寺の境内を抜け、杉木立の小道を歩いて奥の院まで行った。風が森を揺さぶる音に耳を澄ましていると、頭の芯《しん》が澄んでくるような気がした。

しばらく静けさを味わってから私は引き返した。

薄暗い小道にはあちこちに日《ひ》溜《だ》まりができて、お地蔵様たちは浅瀬に沈んでいるように見える。光の柱の中を羽虫が飛びまわり、風車がしゃらしゃらとまわる音が聞こえていた。

佐伯さんがしゃがみこんで、苔《こけ》むしたお地蔵様に手を合わせていた。

「佐伯さん。こんにちは」

私が声をかけると、彼女は立ち上がって振り向いた。

「そろそろ来るやろなって思ってた」

「四作目の小説が書けました」

「よう頑張りました。今日はええもん見せてあげる」

「ええもんって何ですか」

「ええもん、ええもん。ついてくれば分かる」

木漏れ日の中に笑顔があった。

その日初めて、私は佐伯さんの暮らす山荘へ招待された。

夏草の生い茂る山道を辿《たど》って、かつてアオダイショウが私を脅かした石の門を抜けると、やがて我々は不思議な一軒家の前へ出た。それは三角屋根の小さな西洋風の建物で、こんな草深い山奥には似合わない感じだった。前庭はきれいに草が刈られて、こんもりとした生け垣などもあり、なんだか宮澤賢治《みやざわけんじ》の『注文の多い料理店』みたいな眺めである。裏手は竹林になっているらしく、風が吹きつけてくるたびに竹の葉が遠い滝のような音をさせ、幹のぶつかり合うギシギシという音もした。

「意外にステキなとこやろ」

彼女は私の手を引いて家に入った。

廊下の突き当たりにある大図書室に足を踏み入れたとき、私は茫然《ぼうぜん》としてしまった。ドアと窓を除いたすべての壁が天井まで造り付けの書棚になっていて、おびただしい数の本が収められていた。彼女が読んでいた『聊斎志異』や『千一夜物語』や『竹取物語』は、この図書室から持ちだしたものらしい。たとえ十年間立て籠《こ》もったとしても、この図書室にある本をすべて読み尽くすことはできまい。床にはペルシア絨毯《じゅうたん》が敷かれていて、幾何学模様のクッションや、小さなテーブルとランプ、座り心地の良さそうなソファが無造作に散らばっていた。冷房装置は見当たらないが、室内の空気は秋のように乾いて冷たかった。

「こんなええところに住んでたんですか」

「ええやろ。ここは世界の中心やで」

「ほんまにそんな感じがしますね。羨《うらや》ましい」

「そんなら読ませてもらうから、前野君は適当に遊んどって」

佐伯さんはペルシア絨毯に腰を下ろし、今までになくゆっくりと読み始めた。

私は窓に近づくとカーテンをめくって外を覗《のぞ》いてみた。山荘の裏手には竹林があり、その向こうは生駒山上遊園地へ向かう近鉄生駒ケーブルの軌道が走っている。また佐伯さんと生駒山上へ行ってメロンソーダを飲みたいなあと私は思った。カーテンを戻して振り返ると、ペルシア絨毯に片手をついて大学ノートをめくる佐伯さんの顔には微笑が浮かんでいる。

私は深い満足に浸されて絨毯にごろりと横になった。佐伯さんがノートの頁をめくる音と、竹林のざわめきだけが聞こえた。

やがてノートを読み終えた彼女はころころと転がってきた。

我々は横にならんで天井を見上げた。

「今日は風が強いなあ」

佐伯さんは呟《つぶや》いた。「山が鳴ってるわ」

「その小説、合格ですか」

私は訊《たず》ねたが佐伯さんは答えなかった。そのかわりに彼女は腕をニュッと伸ばして、私の鼻先に近づけた。雨に濡《ぬ》れた新鮮な若葉のような香りがした。

「竹林の匂いがするやろ」

「たしかにそんな匂いがする」

佐伯さんは身を起こし、スッと身体を引き抜くように服を脱いだ。

そして驚いている私に身を寄せてきた。

○

竹林の香り漂う図書室で我々は肌を合わせた。

十八歳の私にとって、それは想像していたものとはちがっていた。

佐伯さんの身体は朝露に濡れた若い青竹のようだった。肌と肌が触れ合うだけで気が遠くなるほど気持ちが良かった。人間はこんなにも密着できるものかと驚いた。しかしそれは罪深さや恐怖に通じているようでもある。

「ゆっくり、ゆっくり」

気持ち良さを一つまた一つと積み重ねるにつれて、それらは彼女と私の間で共鳴し、生き物のように勝手に膨らんでいく。もっと彼女の中へ入っていけるはずだと思い、同じことを彼女も感じているらしい。私が奥へ奥へと入っていくと、彼女もまた奥へ奥へと入ってきた。

正しい方角へ進んでいるのだろうかと不安になるたびに、

「そう、そのかんじ。やめないで」

と、佐伯さんは教えた。

次第に彼女と私の境目が溶けてしまい、そこには滑らかな動きだけがあった。大きくて堂々とした動きだったり、せわしなく小刻みな動きであったり、優しく撫《な》でるような繊細な動きだったりした。彼女と私が動きを作りだしているのではなくて、その動きが彼女と私を生みだし続けている。

虚空に存在しているのはこの流れとリズムだけで、彼女と私は本来は一つなのだ。えらいことだ、大発見だ、コペルニクス的転回だ！

すべてが終わったあと、私はぼんやりと天井を見た。

「忘れんといてね」

佐伯さんが囁《ささや》いた。

みずみずしい竹林の香りが漂った。

佐伯さんがうつぶせになり、大学ノートをめくる音が聞こえた。

「この小説はどうして『満月と近鉄』っていうの？」

「満月は佐伯さん、近鉄は僕や」

「それはステキやね」

「近鉄に乗ればどこへでも行ける。伊勢《いせ》でも京都でも、満月でも」

そう言うと、私は幸福な気持ちに浸って目を閉じた。

今や私は佐伯さんの導きによって小説に開眼した男だった。ゲンさんの言う「玄人《くろうと》筋」に認められて世に出るのも時間の問題であろう。

奈良に前野弘道ありと天下に知らしめ、ベストセラーを書いて大金を稼ぐ。そして誰がなんと言おうと佐伯さんと結婚する。この大作家に対して誰が文句を言えるというのか。今や一つとなった佐伯さんと私には向かうところ敵なしだ。いずれ生駒山麓《さんろく》に『千一夜物語』の大富豪みたいな豪邸を建てよう。いくつもの山荘を橋でつないで迷宮みたいにしよう。奈良盆地を睥睨《へいげい》しつつ、スバラシイ小説を書きまくって、佐伯さんと末永く幸せに暮らすのである。

気がつくと日が暮れていた。

佐伯さんは懐中電灯をつけ、ケーブルカーの駅まで私を送ってくれた。

がらんとした無人駅のホームを外灯が照らしていた。暗い森を切り裂いて生駒山上へ通じるケーブルの軌道が夜の底で鈍く光っている。宝山寺の森は真っ黒だった。

佐伯さんと私はしばらくホームに腰かけてボンヤリとしていた。

「忘れんといてね、今日のこと」と彼女は言った。

その駅からは奈良盆地の夜景を見ることができた。まばらに街の灯が散らばった盆地の底を、近鉄電車の明かりが流れていく。

彼方《かなた》にある若草山の上には美しい満月がのぼっていた。

○

ここまでが当時書いた四作目の小説「満月と近鉄」の内容である。

もちろん後日になっていくらか書き足した事柄もある。

ここからは、さらに二十年後に書き足された「あとがき」と考えていただきたい。

佐伯さんと別れたあと、私は宝山寺の参道をくだって蓬萊荘へ帰った。

以後、私と佐伯さんが会うことはなかった。

何日か会えない日々が続き、私は気になってあの山荘へ行ってみた。しかしそこは見る影もない廃屋だった。夏草が伸びて荒れ果てた庭を私は茫然と眺めた。

「まるで『聊斎志異』やな」

休憩所の管理人に尋ねると、あの山荘はもう何年も前から空き家だと言われた。

それきり彼女は生駒山から姿を消した。なかなか諦《あきら》めることができず、私は毎日生駒山にのぼり、彼女の姿を求めてあちこち歩いた。

いつの間にか秋風が立ち、両親との約束の期限が迫ってきた。

　佐伯さんを失ってから私はパタリと小説が書けなくなった。何を書いても作り物めいた、そらぞらしいものになってしまう。佐伯さんに導かれて書いた四つの小説を分析し、なんとか勘を取り戻そうとしてみたものの、かえってわけがわからなくなった。こんなことをして何になるのだと私は思った。小説を捧《ささ》げる相手はもういない。けっきょく生駒山の麓《ふもと》で仕上げた小説と呼べるものは、佐伯さんが認めてくれた四つの作品だけに終わった。そして書けなくなってみると、それらの小説をどこかに応募してデビューしようという野望も萎《な》えてしまった。「奇跡の一ヶ月」はこうして終わったのである。

　十月の頭、蓬莱荘を訪ねてきた母に、私は「家へ戻る」と伝えた。

「諦めるんか」

「うん」

「それでええの」

「ゲンさんの言う通りや。もう分かった。納得がいった。ご迷惑をおかけしました」

　母は心配そうに私の顔を見つめていたが、やがてホッとしたように頷《うなず》いた。

「あんたが納得いったならそれでええわ。お父さんも喜ぶやろ」

　私は蓬莱荘を引き払って前野畳店へ帰った。

ゲンさんは「お、坊ちゃん。どうも」と涼しい顔で言った。私の家出などなかったような雰囲気だった。父もまた何も言わずに頷いてみせた。

こうして前野畳店断絶の危機は回避されたのである。

その後、私は二浪して大学へ進み、卒業後に前野畳店の経営にくわわった。

やがて結婚して子どもが生まれ、自分の時間などというものはほぼなくなった。そんなふうに毎日の暮らしに追われていると、あの生駒山の麓で小説を書いていた夏のことが別世界の出来事のように感じられる。あの夏を振り返るたびに、佐伯さんはますます神々しい存在になっていき、やがて生々しく思い返すことも少なくなった。小説を書いた大学ノートは段ボール箱にしまいこんで忘れてしまった。

ちなみに長脛君は学生時代にデビューして小説家になった。私が東京の大学へ行ってからは疎遠になっていたので、新聞で彼のインタビューを見かけたときには驚いた。べつに悔しいと思ったわけではないが、彼の小説を読んだことはない。そこそこ人気があるようである。

先日、新大宮《しんおおみや》の奈良ロイヤルホテルで開かれた同窓会で久しぶりに再会したが、かつて私が小説を書いていたことさえ、長脛君はきれいに忘れていた。

あるいは忘れたふりをしたのかもしれない。

○

今年の七月、父が亡くなった。

それはまるで冗談みたいな最期であった。

父は友人たちと一緒に奈良県南部の某山へハイキングに出かけた。友人たちが言うにはその日父はかなり上機嫌だったそうである。一緒に出かけたグループに若い女の子がいたからである。父は六十五歳だったが、そういうことで他愛なく浮かれる性格は相変わらずだった。うら若き女の子に面白がってもらおうと思い、父は前野畳店の黄金時代を象徴するあのＣＭについて熱く語った。

「見てみ、こんなふうに踊るんやで」

父はＣＭソングを歌いながら、三十年近く前に自分で振りつけした独自のステップを踏んでみせた。それがよりにもよって、深い谷に向かって突きだした岩場の上だった。父が足を滑らせてそこから転落したあとも、父の歌うＣＭソングの余韻がしばらく残っていたという。

家族としてはどういう顔をすればいいのか分からず、弔問客もどういう顔をすればいいのか分からない最期であった。しかしそれはある意味で父らしい最期であったとも言えよう。

そして、ここからが大事な話になる。

精進落としの席にはあの古株職人のゲンさんも座っていた。前野畳店が危機を迎えたとき、適切なアドバイスをして我々を救った人物である。もう八十歳に近いはずで、やや言動は茫漠《ぼうばく》としていたが、それでも元気なものだった。ゲンさんは相変わらず私のことを「坊ちゃん」と呼び、父のことを「社長」と呼んだ。自分よりも若い「社長」が先に逝ったことで、ゲンさんもがっかりしていた。

みんなで陽気に父の思い出話をしていたとき、

「社長は坊ちゃんをずうっと心配してはりました」

とゲンさんが溜息《ためいき》をつくように言った。

「坊ちゃんが家出しはったときは、なんとかまっとうな道に戻ってもらわな、このままやったら坊ちゃんが風太郎《ぷうたろう》みたいなもんになってまうと心配してはりました」

「そういえばそんなこともあったなあ」

「それでも社長は偉い人やった。ちゃんと手を打ちはりましたな」

ゲンさんは独り言のように呟《つぶや》いた。「そんな方法でうまくいくんかいなと思ったけど、きっちり坊ちゃんは帰って来はったし、さすが社長や」

「なんやそれ、ゲンさん。何の話をしてるんや」

父が「手を打った」とは何のことであろう——と怪訝《けげん》に思ったとき、座敷の隅から母が「ゲンさん！　あんた、なに喋《しゃべ》ってるの！」と鋭い声で言った。とたんにゲンさんはポカンと口を開け、私が目の前にいることに今さら気づいたように見えた。そして気の毒なほど悄《しょ》げてしまった。

「坊ちゃん、勘弁してください」

「いや、何も怒ってないで。それは何の話なんや」

ゲンさんは母の目を気にしながらぽつぽつと語った。

二十年前、私が小説家になると言って家を出たとき、父はゲンさんとともに一つの作戦を立てた。それは蓬莱荘に立て籠《こ》もっている私のもとへ、とある女性を送りこんでチョッカイを出してもらい、小説に集中できなくさせてしまおうという人間として最低の作戦であった。こうして書いていても「阿呆ちゃうか」と思うのであるが、父はその作戦にかなりの自信を持っていたらしい。

「あいつはムッツリしとるが俺と同じなんや。そういうのには弱いんや」

父はゲンさんにそんなことを言ったという。呆《あき》れたことである。その夏、かくも阿呆な作戦が父とゲンさんによってお膳立《ぜんだ》てされていたことは、母も最近になるまで知らなかったという。

「坊ちゃん、その人のこと覚えてはりませんか」

「もしかして佐伯さんのことか？」

「はあ、そんな名前やったかな。まだ二十歳ちょっとのきれいな人でしたわ」

ゲンさんは言った。「まことに申し訳ありません。このとおりです」

それは二十年ぶりに明かされる真相だった。あの佐伯さんは父の頼みによって私に近づいたというのである。しかしゲンさんの説明は私の記憶と微妙に食い違っているように思えた。

父は私の小説執筆を阻止することを佐伯さんに頼んだというが、むしろ私は佐伯さんに導かれて小説を書いたようなものだ。しかも彼女はあの夏のほとんどを生駒山で過ごしていた。いくら父に頼まれたからと言って、そこまでする暇な人間がいるとは到底思えない。

ゲンさんを問い詰めて聞き出したところでは、佐伯さんは現在も奈良で暮らしていて、西大寺《さいだいじ》駅の近鉄百貨店のそばでスナックを経営しているらしい。

母がやってきて隣に腰をおろし、「勘弁したってね」と言った。

「べつに怒ってへんて」

「お父さんも阿呆なことして」

「もう昔の話や。これでおしまい」

私はそう言って、気の毒なゲンさんを解放した。

その日の夜、私は家の物置をあさって古い段ボールを引っ張りだしてみた。その中には二十年前のあの夏、大学ノートに書いた小説が入っている。二十年も経っているにしては大学ノートはきれいだった。びっしりと文章の書かれた頁を開いたとき、当時の私の情熱が行間から匂い立ってきた。それと同時に、もう二度と会えないと思っていた佐伯さんの懐かしい面影が久しぶりに浮かんできた。

段ボールから出てきた小説は以下の四作である。

「佐伯さんと男子たち」

「ランボー怒りの改新」

「ナラビアン・ナイト　奈良漬商人と鬼との物語」

「満月と近鉄」

それらをすべて読み終わる頃には深夜をまわっていた。

なんやこれ、面白いやないか——と私は呟いた。

○

翌日の夕方、私は近鉄電車に乗って大和西大寺駅へ出かけた。

ゲンさんに教えられたスナックは飲食店街の路地の奥にあった。どっしりとした重い扉を開けると、うっすらと冷房の効いた店内はまだ薄暗かった。間口が狭くて奥行きの深い店で、右手にカウンターが長く延び、一番奥には一つだけテーブル席があるらしい。カウンターの奥は調理場に通じていて、そちらから食器を片付けるような物音が聞こえていた。

「ごめんください」

奥へ声をかけると、彼女はすぐに姿を見せた。

それはたしかに佐伯さんであった。もう四十代半ばになっているだろう。しかし店内が薄暗いせいか、さほど面影が変わったようには感じられなかった。それでも、あの生駒山で出会ったときの不思議な魅力は消えていた。

彼女は私が誰であるのか気づいていないらしい。

「まだ開店してないんですけども」

「すいません。少しおうかがいしたいことがあるんですが……佐伯さんですか」

「ええ、そうですけど。何か御用？」

彼女は用心するような顔をしてこちらを見ている。

その様子があまりにも自分の知る佐伯さんとは違うので、私はしどろもどろになった。ひょっとして私は途方もない勘違いをしているのではないだろうか。「二十年前に生駒山で会った」ということを伝えたが、彼女の不審そうな表情は晴れなかった。あれほど親しい間柄になっておきながら、何一つ心当たりがないというのは妙である。あるいは知らないふりをしているのかもしれない。人違いにせよ何にせよ、どうやら早々に退散したほうが良さそうだと思った。

「お手間を取らせました。人違いだったようで申し訳ない」

私は頭を下げて店を出ようとした。

そのとき、唐突に彼女の顔がパッと輝いた。

「ああ、あれか！　あの子か！」

一瞬だけ、あの頃の佐伯さんの顔が戻ってきたように思われた。

「前野さんのとこの坊ちゃんやない？」

「そうですそうです」

「そんなん、さすがに分からんって。すごい昔の話でしょう」

「たしかに昔の話ですが……」

父は先日亡くなったと伝えると、彼女は顔を曇らせた。

「そうやったの……楽しい、ええ人やったのにねえ」

彼女はパタパタと奥へ行ってスイッチを押した。店の明かりが点《つ》いた。「まだ開店には早いけど……せっかく来たんやから、ちょっと飲んでいったらどう」

戸惑いながら私はカウンターについた。

「あのときはちょっと社長もイタズラが過ぎると思ったけど」

佐伯さんは飲み物を出しながら言った。

当時、奈良市内で彼女の働いていた店に商工会議所の仲間たちとしばしばやってきたのが父であった。ＣＭでも有名な地元の名物社長であったから、彼女もその顔は知っていた。じつに面白いおっちゃんであったという彼女の意見には同意するにやぶさかではない。彼女は礼儀として黙っていたが、その頃に父と何かしらの「駆け引き」があったことは推察できる。そうでもなければ、父からあんな相談を受けて、形だけでも引き受けるなんてことはあり得ないだろう。

その相談というのは、自分の息子が小説なんぞに夢中になって道を踏みはずしかかり、生駒山の麓《ふもと》のアパートに立て籠《こ》もってしまった。だからそれとなく邪魔をして、小説の完成を阻止してくれないか、ということであった。きっと息子は美人がそばにくるだけでそわそわして、小説を書くなんていうことはできなくなるはずだと父は言った。そんな阿呆なと彼女も思った。

「それでどうしたんですか?」

「まあ、前野さんの頼みやから、一回だけ様子見にいこうと思って。それでアパートを覗《のぞ》きに行ったけど誰もいないみたいやったから、ついでに宝山寺にお参りしたのよ。あそこは境内を抜けたら、奥の院までお地蔵様のならんでる小道があるでしょう。そこを歩いているときにへんなことがあってね。向こうから若い男の子が走ってきて、それがカラスに追いかけられてるの」

「あ、それ、俺ですよ」

「そういうことやね。ああ、あれが前野さんとこの坊ちゃんやな、とそのときに思ったよ。すごいカラスを怖がってたから可哀想になって、パッとかばってあげた。カラスと戦うなら、大事なのは気合いやで。うちが一番偉いんやっていう気合いあるのみ」

その出会いは、たしかに私の記憶にもあることだ。

しかし佐伯さんはそこまで語って口をつぐんだ。

「そのあとは？」

私が促すと、彼女は怪《け》訝《げん》そうな顔をした。

「そのあとって言うても、何もせんかったよ。本人が頑張ってるのに可哀想やないの。どうせ失敗するときは放っといても失敗するやろ。誰だってそのうち勝手に納得して、おさまるところにおさまるもんやから」

「ほんまにそうです」

「だから社長さんには適当なことを言ってごまかしといた。忘れた頃になって御礼言われたけどね、息子が諦《あきら》めて帰ってきたって。私は何もしてないけど」

その言葉は嘘やゴマカシには聞こえなかった。私はそのまま納得した。

「その節は父が色々ご迷惑をかけました」

「そんなことないよ。私は何もせんかったもん」

「まったくそんな阿呆なことを人に頼むなんて恥ずかしい」

「でもなあ、お父さんを悪く思わんといてよ」と佐伯さんは言った。「あれはね、よっぽどあんたのことが心配やったんやで。自慢の息子やからな。畳屋を継ぐとか継がないとかそんな問題でもないのよ。社長は怖いものナシの人やったけど、息子がどっかよく分からんとこへ行ってしまうのは怖かったんやわ。それだけがあの人の弱点。誰にだって怖いもんはあるやろ？」

「それは分かります」

「……で、小説家にはなれへんかったの？」

「ええ。というわけで今は畳屋を継いでおります」

「たいへんやね」

「たいへんですよ、ホント」

「あんたも奈良テレビでＣＭ打って踊ればええのに。まだ覚えてるわ、あれ」

佐伯さんはそう言って、あの忌まわしいＣＭソングを口ずさんだ。

私は少し朗らかな気持ちになったのである。

それにしても――と私は考えこんだ。佐伯さんの言うことが事実であるなら、あの十八歳の夏、私が生駒山で出会った女性は誰だったのだろうか。しかし佐伯さんが嘘を言っているとは思えないし、分からないままでいいような気もした。

いっそのことあの夏を完全な夢の中に封じこめたい。

「こうして見ると、やっぱりお父さんに似てるわ。親子やね」

「それはあんまり嬉《うれ》しないな」

そう言いながら壁に目をやったとき、小さな色紙が目に入った。「戯論寂滅」と書いてある。どうしてか分からないが、ふと気にかかった。「それは何ですか？」

佐伯さんは色紙を振り返った。

「ああ、これ？　知り合いのお坊さんが書いてくれた」

「けろんじゃくめつって読むんですかね」

「そうそう。仏教の言葉らしいで」

「どういう意味やろな」

佐伯さんは「ふむ」と人差し指を頬に当てた。フッと微笑んだ。

「屁理《へり》屈《くつ》ばっかりこねててもあかんよ、っていうことちゃう？」

「なるほどなあ」

私はそう言ってハイボールを飲んだ。

そして「戯論寂滅」と呟《つぶや》いてみた。

○

日が暮れた頃に私は西大寺のスナックを出た。

ふと思い立ち、そのまま近鉄電車に乗って生駒駅へ向かった。

電車を降りた私は、駅前の商店街から宝山寺の参道へ至る界隈《かいわい》を歩いていった。驚いたことに、かつて暮らしたアパート「蓬莱荘」はまだ同じところにあり、窓の明かりが淋《さび》しく灯《とも》っていた。

私は宝山寺を目指して暗い参道をのぼった。でこぼこの石段はあの頃のままで、おおいかぶさる桜の青葉が外灯に照らされて濡《ぬ》れたように光っていた。あの夏には、この坂を駆け上がるようにして佐伯さんのもとへ通ったものだが、今ではさすがにつらいものがある。料理旅館を通りすぎて宝山寺の門前に辿《たど》りつく頃には汗だくになっていた。それでも気分は爽《さわ》やかだった。

宝山寺は門を閉じていたので脇道にまわり、ケーブルの軌道に沿って歩いてみた。

ふいに通りかかったケーブルカーがあたりを明るく照らした。車両には夏休みの子どもたちが大勢乗っていた。生駒山上遊園地は夜間営業中のはずである。あの夏に佐伯さんと大阪湾を眺めながら飲んだメロンソーダが懐かしかった。「まこと夢のような味がする」という彼女の声を今でもありありと思いだすことができる。

やがて梅屋敷の駅に辿《たど》りつき、私は階段状のホームに腰をおろした。

眼下には奈良盆地の夜景がきらめき、若草山の上には満月が浮かんでいた。近鉄電車の光が音もなく流れていく。その風景は二十年前に見たものと変わらない。

その美しい月を眺めているうちに、奈良というところは地上でもっとも月に近い場所かもしれないと思った。盆地の底を走り抜けていく近鉄電車はそのまま満月へと通じている——そんなことを妄想していると、自分の身体が無人駅のホームから浮き上がり、奈良盆地の空に浮かぶ満月に吸い寄せられるように感じられた。あの月と響き合うものが私の身体の中にある。

そのとき私は、二十年前の夜、彼女が姿を消した理由を悟った。

あの夜から彼女は私の中にいたのである。

どうしてそれが分からなかったのだろう。一度はこの手に摑《つか》んだものを私はどうして手放したのだろう。私は若くて愚かであった。しかしそんなことは彼女も分かっていたにちがいない。だからこそ私がこうして気づくまで辛抱強く待っていたのだ。

「忘れんといてね」という囁《ささや》きが耳元で聞こえるように思われた。

私は幸福な思いに充《み》たされて目を閉じた。

そして、地上へ戻るケーブルカーがやってくるのを待っていた。

解説　在野の遺賢

仁《に》木《き》英《ひで》之《ゆき》（作家）

世に名は出ていないが、とてつもない才能を秘めた人物が野には隠れている。何事につけ技能を仕事にしているならば、決して忘れてはならない戒めである。世間という大きな枠では隠れていても、目を近付ければきらめく光芒《こうぼう》に気付かずにはいられないし、鼻を近付ければ芳《かんば》しく香るのである。

私はあの時のことを、今でも忘れられないでいる。数年前の梅雨時の、蒸し暑い夕方のことだった。奈良の北東部の山中で小説を書いて暮らしている私は、珍しく下界に下りていた。今はもう閉店してしまったが、近鉄奈良駅前に小さな書店があり、時折新刊などを求めに通っていたのだ。

書店はちょうど休業日だった。行き場を失った気がして、そのまま近鉄の鈍行に乗って大和西大寺《やまとさいだいじ》で下りた。ただ本を買いに出ただけなのに、何故わざわざ大和西大寺に向かってしまったのか、今でも不思議に思うことがある。だが、これも彼と「有《う》縁《えん》」であったからであろう。

大和西大寺の駅前と近鉄百貨店の間に、飲食店の集まる一角がある。全国チェーンの居酒屋や新しくできた洋食店や古い中華屋、蕎麦屋《そばや》などもあるが、そういった店には心惹《こころひ》かれなかった。

スナックに行こう、とふと思った。

昔は全国各地へ取材に行くたびに、その地の場末をふらつくのが好きであったが、ここしばらくそういう機会はなかった。私が目指すのは暗がりにひっそりと店を開いているような酒場である。それは赤提灯《あかちょうちん》のこともあればバーのこともある。だが、何より落ち着くのはカウンターに自家製の梅酒、それも安焼酎《しょうちゅう》にどどめ色になった梅が詰め込まれた瓶が置かれているような安スナックである。

大抵のことはあがってしまった女が一人で、もしくは薄幸そうな若い女と二人で切り盛りしている店ならなお良い。

三階建ての小さな雑居ビルの前で、私は足を止めた。テナント募集の掲示が目立つが営業している店もあり、その重そうな扉に手をかける。

白い看板に電気が入っているから営業はしているのだろうが、文字ははげていて店名さえ明らかでない。黒く煤《すす》けた扉を開くと、カウンターの奥に一人の女が座っているのが見えた。何か書類に目を通しながらくすくす笑っている。

私に気付いた彼女は慌てて顔を上げた。

「いらっしゃい」

声は酒焼けしていない。顔を上げた時の仕種《しぐさ》と声から、若い娘のいる店ではないかという期待が高まる。だがカウンター越しに見ると、それなりに立派な甲羅を背負っているようであった。

座りつつ、カウンターの向こうに目をやる。読んでいたのは書類の束のようであった。それを逆さまにして置くと、女はおしぼりを出して私の前に置いた。

「初めていらっしゃるのね」

「近くで仕事があって、ふと気になって入ってみたんですわ」

高い椅子に腰掛けてハイボールを頼む。

「お食事は？」

まだだと答えると、コマーシャルでやっていたからとかしわの唐揚げを出してくれた。氷をごちごちに詰めた薄いハイボールは安スナックの定番だったが、蒸し暑い駅前を歩いてきた身にはありがたいし、唐揚げによく合う。

揚げてしばらく経っているはずの唐揚げはさっくりと衣が軽く、歯を入れると肉汁が濃厚に流れ出して来た。

「中々でしょ？」

褒める前に女は自分で言った。

「お姉さん、名前はなんて言うの？」

「佐伯《さえき》」

珍しいことに、姓を名乗った。源氏名で姓を名乗らせる色ごとの店もないではないが、こうして一人で切り盛りしている店では珍しい。私も名乗ると、

「紀州《きしゅう》の人？」

と旧国名で言った。

「和歌山に親戚《しんせき》はおるよ。佐伯さんはもとは越中《えっちゅう》かいな」

「立山《たてやま》の麓《ふもと》から来たっておじいちゃんには聞いたけどね」

かつて書こうとしていた小説の題材が、立山の行者であった。富山側の山麓《さんろく》にある芦峅寺《あしくらじ》という集落には佐伯姓の人が多く、今でいう山岳ガイドの仕事をしていた。

名前のことをきっかけにして、佐伯さんは小気味よく会話を刻んでくれた。こういう店には珍しく、カラオケセットが置いていない。しかも壁には『戯論寂滅《けろんじゃくめつ》』と書かれた色紙が飾ってある。意味はよくわからないが、仏教の言葉であろう。『にんげん

だもの』的な色紙が飾られることの多い昨今、珍しいことである。

「ほんで佐伯さん、さっき何読んでたん」

「小説。めっちゃ面白いわ」

「佐伯さんが書いたの？」

「まさか。お客さんが書きはったのを持ってきてくれはったのよ」

Ａ４のコピー用紙の束を指した。面白いわと言われると読みたくなる。

「俺も小説家やねんで」

筆名と代表作をいくつか口にしたが、佐伯さんは首を傾げるばかりだ。

「聞いたことないなあ。売れてへんのちゃう」

ときついことを言う。だが、不思議と不快にならない。何とも品が良い人だ。

「あかんねん」

読ませてくれるよう頼むと、佐伯さんは気の毒そうに言った。

「この人、今は別に小説家になりたいわけちゃうねん」

物語を書くことが純粋に好きで、書籍として店頭に並べることにこだわりを持たない人間は少数ながらいる。だが、多くは自分が書いたものを多くの人に読んでもらいたいと思っているものだ。

「佐伯さんに読ませてるのも、誰かに読んで欲しいからちゃうの」

「そうかもしれんけど……。これ、書いた人が特別に読ませてくれてるねん」

私がカウンターの向こうを覗《のぞ》き込もうとすると、佐伯さんは慌てて紙の束を持ち上げた。一篇ごとに丁寧に紐《ひも》で綴《と》じられているようで、彼女の性格がうかがい知れるようであった。そのうちの一束が、するりと滑って私の前に落ちた。

一枚目にはタイトルだけが記されている。

『ランボー怒りの改新』

とある。何だそれは。

首を傾げつつ一枚目をめくった瞬間から、私の周囲の景色は一変した。帰還兵と中《なかの》大兄皇子《おおえのおうじ》、現代ベトナムと古代日本が剛力で一つにされ、物語がぐわらぐわらと音を立てて転がされていく。それでいて破綻《はたん》もない。いや、最初から十二分に破綻しているのだが、何度読んでも全ての要素が必然としてそこにある。

しばし放心した後、私は呻《うめ》いた。

「お代りする？」

「次の話読ませて」

「酒のお代りがいるか聞いてるんです」

「ハイボール、もうちょっと濃うしてんか」

佐伯さんは先ほどよりも随分と濃いハイボールを作ってくれた。酒精は衝撃を和らげてくれるどころか、さらに興奮を高めていく。もう一度読む。そして私は確信した。

「これ、プロやわ……」

「ちゃうって」

この人に似ている作家を、私は知っているような気がした。だが、誰かに似ていると表現することすら憚《はばか》られる、オリジナルの強さが漲《みなぎ》っていた。私は額と首筋に汗をかいていた。冷たいハイボールと空調の風で、とっくに汗は引いていたはずなのに。

何度も、この前野《まえの》ひろみちという男が職業作家でないことを確かめた。

「連絡先を知りたい」

と言うと佐伯さんは険しい表情になった。

「それは無作法やで」

「わかってる。でも、こんな才能を西大寺に置いとくのはあまりに惜しいんや」

「そんなにすごいの？　それに前野さんは西大寺ちゃうし」

ふと佐伯さんがため息をついた。

「私はただ面白いと思っただけやけど、小説書いてる人が見たらそんな凄《すご》いんや」

「野生の天才や。間違いない」

「それがわかるんやね」

「他人のことはな」

人の原稿の良し悪しは割と正確に読み取れるが、自分の原稿の良し悪しがわからない、厄介な病に長年かかっている。ともかく、この原稿を書いた者が恐ろしい書き手であることはわかった。

「よっしゃ、連絡先はええよ。でも、ちょっとだけでええから彼のこと教えて」

私は前野ひろみちという男について、少しでも知ろうと試みた。

「文学青年のまま年をとったいうか、あんな人が今時おるんや、と思ったわ。なんやろね。惚《ほ》れるいうのとは違うけど、気になる」

「母性本能をくすぐられる、いうやつ？」

「付き合ったら面倒くさいような気もするけど」

カウンターでうだうだと管を巻いている私に、カウンターにいる女はニッと笑って煙を吹きかけてきた。メンソールの副流煙が鼻の中に流れ込んでくる。私は杯を重ねつつ、煙の中にまだ見ぬ在野の作家の姿を思い描き続けた。

※

その日はおとなしく店を後にしたが「ランボー怒りの改新」が頭から消えることはなかった。他の作品も読んでおけばよかった、と悔やむことしきりであった。前野ひろみちはもっと読まれるべき作家だ、と気炎を上げる私に、

「そんなにええんやったら、まず『NR』で一緒にやりましょって誘ってみたらどうですか。同人誌やったら頼みやすいでしょ」

本格ミステリ作家の円居《まどい》挽《ばん》が、丸腸を焼きつつ私に言った。

『NR』は私を含む奈良にゆかりのある書き手が集まって編まれた小説同人誌である。二〇一一年夏のコミケットに第一号を出したばかりであった。なるほど、世捨て人のようになっていても同人誌なら、と再び私は佐伯さんの店へと急いだ。

彼女に間に入ってもらった結果、前野氏のメールアドレスを手に入れることができた。何度かやりとりした結果、これまで書いた作品も『NR』に掲載させてもらえることになった。ただ、打ち上げなどは行きたくないし、電話も勘弁してもらいたい、と丁重な断りがあった。

「佐伯さんと男子たち１９９３」　（『ＮＲ２』　二〇一二年）
「ランボー怒りの改新」　（『ＮＲ４』　二〇一四年）
「ナラビアン・ナイト　奈良漬商人と鬼との物語」　（『ＮＲ５』　二〇一五年）

前野氏が提供してくれたのは以上の三作である。いずれも一部で凄《すさ》まじく高い評価を得たが、結局本人には会えずじまいであった。

「あの作家なのか？　夜は短いのか？」

　という問い合わせが何件か来たが、それは明確に否定しておいた。ただ、不一《いつならずして》亦《また》不異《いならず》の心もまた忘れてはならぬ。

　やがて同人のそれぞれが忙しくなり、『ＮＲ』は五号を以《もっ》て休止することになっていた。そんな折、星海社の平林氏から連絡があったのだ。

「あの前野ひろみちというのは何者ですか。仁木さんの知り合いですか」

　電話の向こうの編集者は、探るように言った。私は挨拶《あいさつ》もそこそこに、前野ひろみちについて知る限りの話をした。無論、知っていることはほとんどない。

「そんな天才が奈良におるんですね……」

声が急にあらたまった。

「すぐ奈良行きますわ」

「行きますわ、て仕事は」

「新たな作家に会《お》うて原稿を取るのが僕の仕事です」

そう言って電話を切った平林氏は、本当にその日のうちに奈良へとやってきた。そして佐伯さんの店で盛大に飲んだ後、前野氏を紹介してもらう算段をつけていた。鮮やかな手並みというべきだ。

それから彼がどのように前野ひろみちという在野の遺賢を口説き落としたのかはわからない。ただ、前野氏は初めのうちなかなか首を縦に振らなかったらしい。

だが、平林氏はとてつもない助平であり、口説きの名手である。腕のいい編集者は時に気難しい作家の心を蕩《と》かし、捉《とら》えなければならないのだから、人一倍助平でなければならない。彼の口説きは野に隠れていた作家の心を、ついに動かしたようであった。

「一冊だけなら」

前野氏は何度目かの会見でついに折れたという。

「一冊だけで済ます気、ないやろ」

私が言うと、平林氏はにやりと笑った。

「仁木さん、とんでもない人見つけましたね」

平林氏は既に、彼の中にある構想も聞き出したという。

「めっちゃ汗かきましたわ」

「梅雨時やもんな」

「違いますよ。ものすごい物語を聞いた時は、頭のてっぺんの穴が開くんです。そこから見えへん汗が噴き出る。僕はこれ、知の愛液と呼んでます。心が感じてしもて、ぬらぬらになるんです」

独特な助平表現で平林氏は激賞した。

「僕は前野さんで、世間を絶頂に導きますよ。せやから、仁木さんは絶頂に至った皆さんの後始末をお願いします」

そういうわけで、私は前野ひろみち初作品集の解説を引き受けたのである。

※

前の三作は同人誌『ＮＲ』に掲載されたものに前野氏が改稿をほどこし、「満月と近鉄」はこの短編集が初出となる。

　作品の解説というのは物語を補足する知識であったり、作者の人となりを開陳して読者に一興を供するものであるが、前野作品は精緻《せいち》に構築された独自の世界観に立脚しているため、第三者が何かを付け足すのに向く作風ではない。よって、ごく短く紹介するに留《とど》めることをご承知いただきたい。

「佐伯さんと男子たち」では不思議な味わいの、まさに前野式青春を描いて見せる。こんな青春はどこにもないはずだ。そんな硬い頭を鹿の蹄《ひづめ》が砕いてくれるであろう。

「ランボー怒りの改新」は私に衝撃を与えたとんでもない作品だ。二十世紀ベトナムと七世紀日本を軽やかに、しかし力強く繋《つな》いでしまう。混ぜて危険なものなど、この作家にはないのだ。

「ナラビアン・ナイト」であまりにも有名な説話集を奈良に引き込んで新たな物語世界を繰り広げるさまは、まさに物語の一人シルクロードといっても差し支えなかろう。

そして「満月と近鉄」では、前野ひろみちの姿そのものを現実と虚構の間に置いて読者を惑わせ、読書の喜びの中へ沈めてしまう……。

　では作者の人となりはどうかというと、私は彼のことを作品と佐伯さんを通じてしか知らないから、これまた書きようがないのである。「満月と近鉄」においては畳屋の跡取りと自らのことを述べているが、小説家の自己紹介ほどあてにならないものはないのであって、軽々にお信じになってはならない。

ともあれ、そんな霧の向こうで揺らめく幻のような作家、前野ひろみちはこれで霧消するというわけではないらしい。平林氏によると、やはり己の作品を世に問うてみたいという思いは熾《お》き火のように残っているという。

家業もあるとのことなので、明日明後日の話ではないかもしれない。だが、ここまでお読みの諸子の心に前野ひろみちという作家の名はしかと刻み込まれたはずだ。来るべきその日を楽しみにお待ちいただきたい。

二〇一六年六月吉日　奈良の山中にて

対談

前野《まえの》ひろみち×森《もり》見《み》登《と》美《み》彦《ひこ》

司会　平《ひら》林《ばやし》緑《もえ》萌《ぎ》

二〇一六年九月某日、奈良県近鉄《きんてつ》生《い》駒《こま》駅前のとある喫茶店——。奈良が生んだ「京都作家」森見登美彦氏と、デビュー作を上梓《じょうし》したばかりの前野ひろみち氏が初めて顔を合わせた。これは、その希有《けう》な対談の一部始終である。

前野　……実際のところ、『ランボー怒りの改新』（注・単行本刊行時の書名）いかがでしたか？

森見　なんだこれはと思いましたよ（苦笑）。

前野　ほんまに申し訳ない。恐れ入ります。

――僕が、いきなりゲラを送ったんですよね。

森見　夏前ですかね。「このたび、とある新人作家がデビューすることになりまして、つきましては帯に推薦文をいただきたい」というメールが来て、返事を出す前にゲラが届いた。ちょうど『夜行』の執筆が終盤にさしかかっていて、けっこう忙しいときだったんですが。

――すみませんでした。……でも、快く引き受けて下さって。

森見　僕は「京都作家」みたいなイメージがあるみたいですが、奈良の生まれですし、いずれ奈良を書きたいと思ってたんです。それが、前野さんの作品を読んで、「これはあかん」と。まあ衝撃で。

前野　いや、こちらは戦々恐々というか。

森見　え、それはどうして？

前野　ご気分を害されないかと。ちょっとね、作風がね。

森見　最初「佐伯さんと男子たち１９９３」を読んだときは、確かに似たものを感じましたね。でもあれって、ちょうど僕が中高生時代を過ごしたあたりが舞台なんですよ。なので影響云々《うんぬん》と言うよりも、「自分が大事に取っておいたとこをやられた！」という気持ちのほうが強かったですね。それで、残りの三篇を読み進めていくうちに、どんどん僕の中の奈良が奪われていく感じがして、「よくもやってくれたな」という怒りがふつふつと……。

前野　怒りが……（苦笑）。

森見　万城目《まきめ》（学《まなぶ》）さんに『鹿男あをによし』を書かれたときも、すごい悔しかったんですよ。でもまあ、『鹿男』からだいぶ時間も経ったんで、「そろそろほとぼりが冷めたかな」というところもあった。それなのに、いきなりコレ（『ランボー』）ですからね。

――あの推薦文（「私の奈良を、返してください！　さすがにこれはいかがなものか！　しかし、悔しいが傑作と認めざるを得ない」）はストレートな感想だったんですね。

前野　私はてっきり、お世辞的な何かだと思っていました。

森見　いやいや（笑）。

前野　しかし光栄なことだと思います。ほんまに。

――そう言えば、森見さんはあまり歴史的なモチーフを描かれないですよね。

森見　まあ、僕の書くのは妄想ですからね。妄想にしか興味ないんですよ。だから歴史を混ぜこんでいくことに遠慮があるというか。だって自分の妄想の方が大事なんだから。たとえば万城目さんだったら、しっかり調べて、その土台の上に立ってヘンテコなことをやるでしょう。だから万城目さんとはちがった歴史の使い方、遊び方はないかなあ……と考えてはいたんですよ。そういうところに『ランボー怒りの改新』がきて、「ああ、こういうふうにすればいいのか」と思ったところはあります。

前野　いやいや、あんなのは偶然できたもので。

森見　思いっきり歴史を材料に使ってるのに、まったく考慮してないというか……いや、してるけど何か違うでしょう。謎の生々しさがある。

前野　あの頃は若かったから（注・執筆時、前野氏は十八歳）。

森見　いやいや、若ければ書けるってもんじゃないでしょう、あれ。「佐伯さんと男子たち」は若々しかったけど。

前野　あれはね、自分の身のまわりのことを材料にして書いたから。吉本《よしもと》新喜劇のギャグのローテーショントークをいじって、ローテーション失恋にしたんです。

――えっ！　それはそれでめちゃくちゃな合体ですね（笑）。

森見　そうか、ローテーショントークからか……。

前野　それでまあ「佐伯さんと男子たち」は完成したんですけど、まあただの浪人生ですからね。次の作品を書くにしても、人生経験がありませんわね。

森見　ああ、その感じはわかります。

前野　それで、次のネタを考えるときに「奈良といえば歴史ある土地柄やな」とは思ったんですけども、歴史小説の書き方は分かりません。ただ、大化《たいか》の改新っていうのは歴史の教科書にも載ってますから。それでまあ、ちょっと図書館へ行って古代史の解説書を拾い読みしたり、『日本書紀』の現代語訳を読んでみたりしてね。そのまんま書いたら、あんなふうになったんです。

森見　いや、そのまんま書いてもあんなふうになるかな。

前野　書いてるときは夢中やったから……。

森見　でも、出版されるときにも書き直されてるわけですよね。

前野　それはそうです。書いたときのまんまというわけではないです。

森見　仁木（英之）さんが最初に読まれた状態から、どの程度手が入ってるんですか？

前野　展開は大きくは変わってへんかなあ。頑張って手を入れる情熱みたいなものは、もうあまりないわけですよ。「満月と近鉄」は親父が亡くなってから後のところを書き足してますけど。それだけで私としては完全燃焼。終わった、という感じ。

――本来なら、そのまま眠っていたかもしれないわけですよね？

前野　「いずれ自費出版」と思ったこともあるけど多分やらんかったでしょう。まあ仁木さんから声がかからんかったら、同人誌なんてのも知らんかったと思いますし、それは解説の通りですよ。色んな偶然が重なって、世に出してもらって……。

森見　そもそも平林さんは、なんで僕に帯を依頼したんですか？

――前野さんが、森見さんのデビュー作の『太陽の塔』を読まれてたからですね。

森見　ああ、そうなんですね。

――たぶん、出てすぐ読まれてるんじゃないですかね？

前野　どうやったかな。でも単行本で買った記憶があるんで、わりと出版されてすぐだったのかもしれません。京都へ行ったときにたまたま見つけたんですよ。

森見　ああ、デビュー当時から、京都の書店さんではたくさん並べてくださったから。

前野　それで、何となく手に取ったら、腐ったような大学生の話で「これ、おもろそうや」と。小説が読みたいというよりも、なんか自分と近いもんを感じた。

森見　今でも小説はよく読まれるんですか？

前野　うーん、現代の作家では森見さんくらいで。それも、全部読んでるような真面目な読者やなくてお恥ずかしいんですが……。森見さんが奈良ご出身だったのも知らなかったぐらいです。

――そんなわけで、森見さんに依頼するしかなかったんですよ。

前野　それなりに仕事も忙しいし、小さい子供が二人おるんで自分の時間がなくて。それで平林さんに言われて書き直してるとき、どんどん森見さんに似てくるような感じで、「いかん、このへんでやめとこ」って（笑）。

――しかし、お話をうかがっていると、お二人は高校卒業まで、かなり近い場所で生活されていたんじゃないですかね？

森見　そうかもしれない。

前野　森見さんのプロフィールを拝見するかぎり、年齢は私のほうがひとつ上になるんですかね。でもまあ、ほとんど同じようなところをうろついてたと思う。

森見　僕も学校があの辺だったんで、鹿の糞《ふん》が転がってる感じとかはよくわかります。確実に奈良公園あたりですれ違ってますね。

――僕も奈良ですけど、盆地の南の方やと、鹿ってそんな身近な存在やないんですよ。

森見　ああそうか。でも、鹿はそこらへんにいっぱいいましたね。あまりにも当たり前の存在というか、とにかく毎日見る存在でした。

前野　そこに当たり前におるもんというか、おって当たり前ですね。昨日も、ちょっと用があって奈良県庁に行ったら、中庭で草食うてました（笑）。

森見　だから、観光客の人たちみたいに「かわいい」とか、そういうことをあんまり思わないんですよ。

――そんな、鹿が身近にいる毎日を送りながら、森見さんと前野さんは作家を目指していたわけですね。森見さんが作家になろうと思ったのは……。

森見　僕は小学生のときからですね。だから中学・高校時代も割と書いてました。

――恋愛とかはなかったんですか？

森見　それはもう初恋もあり、失恋もあり……いや、そのふたつはイコールですけど。でも、ずっと小説は書いてましたね。逆に前野さんはどうだったんですか？

前野　まあ、ウチは畳屋ですし、小説に書いたような親父がおったんで……。

森見　ちなみにあれはどこまで本当というか、事実というか……。

前野　多少、誇張してるとこはありますけど（笑）。

森見　じゃあ、「いずれは畳屋を継がないと」っていうのは本当？

前野　やっぱりそういう雰囲気はあってね。はじめは「継ぐのが当然」という感じやったんですけど、じわじわと「畳屋はイヤやなぁ」という気持ちが溜《た》まっていって。

――ところで、前野さんは畳についてどうお考えだったんですか？

森見　聞きにくいことをストレートに聞きますね（笑）。

前野　そらまあね、「畳かっこええ！」みたいな感じではなかったですよ（笑）。でも、東京で下宿するようになって――住んでた部屋は畳やなかったんですけど、実家に帰省して畳の部屋で寝そべってると、落ち着くものがあるというか……。そんな大したことやないけど、畳を再発見するような気持ちになることはありましたよ。

森見　四畳半で暮らした身としては、畳じゃない下宿が逆に想像できないです（笑）。

前野　私の下宿はなんか、べたべたするカーペットみたいなのが敷いてあって……古い建物なんですけどね。まあそれで、奈良に帰ってホッとする気持ちと畳が結びついて、「畳も悪くないかもしれん」みたいなふうに、徐々に変わっていったんです。だから、東京に行ったことが、結果的にはスムーズに実家を継ぐ気持ちにさせたとこはある。人生そういうもんですよ。うまいことできてますよ。

――やっぱり、実家から離れたくて東京の大学に進まれたんですか？

前野　そういう気持ちもあったかな。最初はもちろん、京都の大学も検討しましたけども、奈良から京都の大学に行くっていうのに、なんとなく謎の抵抗感がありましてね……。

森見　まあ、近いですからね。実家から通えてしまう。

前野　うちの父親やったら、頼めば下宿させてくれたやろと思うんですけどね。でも、どうせやったら離れてしまおと。実家継いでしもたら、ずっと奈良におるわけやから。

――森見さんは、実家から通わずに下宿されたわけですが、やっぱり家を出たかったんですか？

森見　いやいや、逆に僕は通うつもりだったんですよ。あんまり家から離れたくなかったし、通いは多少きついけど、最初のうちは通いでもいいと思ってた。

前野　そうなんですか？　父親との確執はなかったんですか？

森見　人並みの反発心はあったと思うんですが、うちは前野さんのところみたいに家業があるわけでもなかったので、もっとゆるかったですね。それで、父親が「下宿したらええがな」みたいな感じで四畳半を見つけてきて、僕を放りこんだわけです。

——あの「立派なものだ、鍵《かぎ》がかかる」ってやつですね。

森見　そうそう（笑）。僕は父親と同じ大学に進んだんですが、父親はもっと苦労していて、最初は大阪から通ってたし、下宿するようになってからも「間借り」だったらしいから。それに比べれば、僕はたいへん快適な京都時代を送らせてもらったことになる。

前野　それは親心や。通いの辛《つら》さも、鍵がかからんプライバシーのなさも知ってはるから……。

森見　それで四畳半（笑）。

前野　四畳半は美しいですよ（笑）。

森見　いや、それはそう思います。四畳半には感謝してます。

——どこかで畳屋を継ぐ決意をされたわけですか？

前野　自分が思ってたような薔《ば》薇《ら》色の大学生活は無理なんやと気がつくと、グズグズと大学生活にしがみつくのもなあと。あと、案外小心者なんで、最低限の単位はちゃんと取っとったという。だから決意をしたというより、ただ予定通りに奈良へ戻っただけ。

森見　東京でいいことはなかったんですか？

前野　うーん、傷つくことは色々ありました。それで、さっきも言いましたけど、奈良に帰ると心が安まるんです。そのへんでじわじわ……。

森見　心が安まる感じはわかります。僕は東京を引き払うとき、忙しすぎて体調を崩したりしてたんですけど、奈良に帰ってくると確かに落ち着く感じがありましたね。

——その奈良について、ちょっとおふたりの意見を伺いたいのですが……いずれ開通するリニアについて、どう思われます？

森見　うーん……難しいですね。アクセスがよくなるのはいいことだとも思うんですけど、個人的には奈良ののんびりした雰囲気が好きというのもあるんで。あと僕は個人的に、新幹線でさえ速すぎて怖いことがあるんで、たぶんリニアなんて怖くて乗れない。

——前野さんはいかがですか？

前野　私はもちろん歓迎ですよ。いい影響があればと期待してます。

森見　やっぱりお仕事に影響ありますよね？

前野　もちろんそれはあります。新しい風が入るっていうのは大事なことで。たとえば奈良も最近は若い人たちが新しい店をオープンするようになってきてね。ゲストハウスとか、イベントスペースとか、あとは雑貨屋とか、色々あります。ちょっと近鉄奈良駅から歩いても、私らが中高生の頃とは、やっぱり雰囲気が変わってきたとこがあります。弊社も最近は多角化を進めておりまして、そういうお店の内装なんかも手がけます。だからこの奈良で若々しい力が勢いを増してきたところへですね、リニアがお客さんを運んできてくださるなら、弊社としても万々歳やなと。

森見　前野さんとしては、京都みたいに賑《にぎ》わったらいいなという感じですか？

前野　いや、京都と奈良はやっぱりちがいますよ。京都の良さっていうのはね、やっぱり東京とは対極にある「都会」っていうところやと思うんです。あれはやっぱり「都会」なんです。でも奈良はちがいます。京都みたいな都会を目指しても、柄に合わへんというか。地元のよさっていうのはうまいこと言えないですけど、奈良は京都みたいな「都会」っていうんでもなく、かといって「田舎」っていうんでもなくて。なんかそこらへんに安らぎというか、癒《い》やしの秘密がある。

森見　京都でも癒やせない傷を奈良で癒やす、というんですかね。

前野　ぜひ、朝の早い時間に、奈良公園のあたりを散策していただきたいです。

森見　その際はぜひ、前野畳店さんが内装を手がけたゲストハウスにご宿泊いただくということで（笑）。

——最後に前野先生にひとつ、本の現物をご覧になったときのお気持ちは？

前野　たとえるなら、「三番目の子供」というような感じで。

森見　書店さんに並んでいるところはご覧になられましたか？

前野　いや、それが奈良ではとんと見かけへんので、最初は騙《だま》されとるんやないかと(笑)。仕事で大阪に行ったときに見かけて、「あ、ほんまにでとる！」と思いました。

——そんな大がかりなドッキリはやりませんよ！

森見　次回作のご予定はないんですか？　大学時代のお話とか。

前野　いやぁ、私は森見さんと違って、大学時代は特に楽しいこともなかったですから。

森見　僕だって、特別に楽しかったわけじゃないですが(笑)。

前野　いやいや、あんな作品が書けるからには楽しかったでしょう。薔薇色の大学生活だったはずですよ。私はもう森見さんに比べたらなんにもないですから。

——そう仰《おっしゃ》らず、是非とも引き続き……本業もお忙しいでしょうけど。

前野　うーん、もう書くことがないです。

森見　それ、僕も『太陽の塔』を書き上げたときに思いました(笑)。

——ほら、大丈夫ですよ！　大学時代の話は是非読んでみたいです。

前野　大学時代の話はほんまに面白いことないですって。惨めなだけ。

――じゃあ、奈良に帰ってきてからの話はどうでしょう？　畳屋探偵とか。

森見　畳屋探偵！

前野　私の器量からして、子供は三人が限界ですわ。

――なかなか首を縦に振っていただけないですが、僕は読者と共に待ち続けます……。

森見　僕も気長に待ってます。でも、あまり安請け合いをすると僕のように破綻《はたん》しますから（笑）。

前野　となると、余計軽々に引き受けられへん感じですな。

――いやいやいや、そこをなんとか!!

＊この記事は、ＷＥＢマガジン「最前線」に掲載されたものを再編集したものです。

本書は、二〇一六年八月に星海社より刊行された『ランボー怒りの改新』を加筆修正、改題のうえ文庫化したものです。文庫化にあたって、対談を加えました。

満月《まんげつ》と近鉄《きんてつ》

前野《まえの》ひろみち

令和2年 5月25日　初版発行
令和6年 12月10日　5版発行

発行者●山下直久

発行●株式会社KADOKAWA
〒102-8177　東京都千代田区富士見2-13-3
電話　0570-002-301(ナビダイヤル)

角川文庫 22167

印刷所●株式会社KADOKAWA
製本所●株式会社KADOKAWA

表紙画●和田三造

●お問い合わせ
https://www.kadokawa.co.jp/（「お問い合わせ」へお進みください）
※内容によっては、お答えできない場合があります。
※サポートは日本国内のみとさせていただきます。
※Japanese text only

ISBN 978-4-04-109276-7　C0193

◆◇◇

角川文庫発刊に際して

角川源義

第二次世界大戦の敗北は、軍事力の敗北であった以上に、私たちの若い文化力の敗退であった。私たちの文化が戦争に対して如何に無力であり、単なるあだ花に過ぎなかったかを、私たちは身を以て体験し痛感した。西洋近代文化の摂取にとって、明治以後八十年の歳月は決して短かすぎたとは言えない。にもかかわらず、近代文化の伝統を確立し、自由な批判と柔軟な良識に富む文化層として自らを形成することに私たちは失敗して来た。そしてこれは、各層への文化の普及滲透を任務とする出版人の責任でもあった。

一九四五年以来、私たちは再び振出しに戻り、第一歩から踏み出すことを余儀なくされた。これは大きな不幸ではあるが、反面、これまでの混沌・未熟・歪曲の中にあった我が国の文化に秩序と確たる基礎を齎らすためには絶好の機会でもある。角川書店は、このような祖国の文化的危機にあたり、微力をも顧みず再建の礎石たるべき抱負と決意とをもって出発したが、ここに創立以来の念願を果すべく角川文庫を発刊する。これまで刊行されたあらゆる全集叢書文庫類の長所と短所とを検討し、古今東西の不朽の典籍を、良心的編集のもとに、廉価に、そして書架にふさわしい美本として、多くのひとびとに提供しようとする。しかし私たちは徒らに百科全書的な知識のジレッタントを作ることを目的とせず、あくまで祖国の文化に秩序と再建への道を示し、この文庫を角川書店の栄ある事業として、今後永久に継続発展せしめ、学芸と教養との殿堂として大成せんことを期したい。多くの読書子の愛情ある忠言と支持とによって、この希望と抱負とを完遂せしめられんことを願う。

一九四九年五月三日